· 衛斯理小說典藏版5 ·

衛斯理
親自演繹衛斯理
《活俑》

新之又新的序言，最新的

衛斯理小說從第一次出版至今，歷時已近半世紀，總共出了多少正版，還能計得清，若是連盜版一起算，那就算找外星人來算，也算匆清楚哉！不知能不能也算世界紀錄。

算得清好，算勿清也好，能幾十年來不斷出新版，說明不斷有讀者加入，對作者來說，沒有更值得高興的事了，謝謝所有喜歡衛斯理的人，謝謝謝謝。

二〇二〇年六月四日 香港

幾句話

寫了四十多年小說，論者將拙作分為三個時期：早、中、晚。在明窗出版的一批，屬於早期和中期的上半。三個時期的創作風格有相當程度的不同，所以風評不一。本人並無偏愛，但讀友對早期的作品，頗有好評，大抵是由於在早、中期作品之中，主要人物精力充沛，活力無窮，所以使故事曲折多變，小說也就格外吸引。明窗出版社此次重新出版這批作品，正好讓大家來證明這一點。

四十餘年來，新舊讀友不絕，若因此而能有新讀友，不亦快哉！

二〇〇五年十一月六日

倪匡

序言

這個故事設想奇特，「靈感」當初是怎麼來的，想不起來了——大抵是偶然想到，有了一個意念。在寫作的過程中，逐步形成。

活的俑——不但當時是活的，過了兩千多年，還是活的，利用了秦始皇一直在尋找的長生不老藥來發展出故事，相當自然。和另一個以秦皇墓為背景的故事，利用了長城來發展故事一樣，歷史上一些模模糊糊、語焉不詳、沒有什麼確切記載的事，都是幻想小說的好題材。若是資料太翔實了，反倒沒有了想像的餘地。

想像其實還可以發展下去：秦始皇也忽然在他的地下宮殿之中活了轉來，

會怎麼樣？還是他真的又活了過來，所以才會在這代，也有和兩千多年前一樣的暴政出現？

暴政的陰魂不散，暴君的復活與否，倒是小事情。

哀哉！

衛斯理（倪匡）

一九八七年三月二十日

目錄

千里揚名奇女子

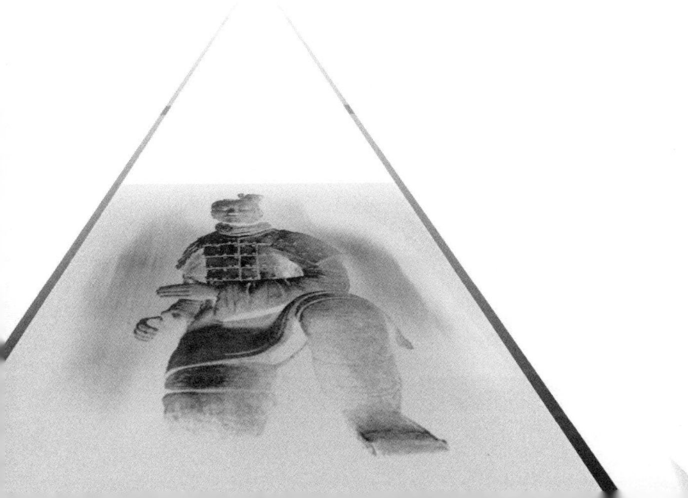

先說一件往事。

往事發生在七十五年之前，那年，馬金花十六歲。

（十六加七十五，一點也不錯，她今年九十一歲。）

那年，馬金花雖然只有十六歲，可是方圓千里，提起金花姑娘，無人不知。馬金花最出名的四件事是：騎術、槍法、美麗和潑辣。

要是有誰不知道馬金花這出名的四件事，只要一進入中條山麓，渭水和涇河流域那一大片草原，不消一小時，他就一定會知道，到這個大平原來，有着各種不同目的的各種各樣的人，都很快會知道馬金花這個名字，聽到她的種種故事，包括她十五歲那年，帶着牧場中的十八個好手，勇闖中條山，把盤踞在那裏的一股足有三百人的土匪，全部殲滅的這件事。

馬金花的父親馬醉木，是馬氏牧場的主人，這個大牧場，養着上萬頭牛，上萬匹馬，是陝西全省最大的一個牧場。馬醉木不是當地人，關於他的來歷，也有着種種的傳說，比較可靠的一種說法是：馬醉木不是他的本名，他本名叫什麼，已經沒有人知道，他從山海關外遷移來，帶着一批忠心耿耿的粗豪漢子，據説整伙人，全是關外的馬賊。

那一批人，以馬醉木為首，來到了涇渭平原，先是弄了一個小牧場，後來，漸漸擴充，把本來的幾十個小牧場，全部合併為一個大牧場，那就是今天的馬氏牧場。以馬醉木為首的那批人，還真懂得如何養牛放馬，二十年下來，馬氏牧場養出來的健馬，成了各地馬販子爭相搶購的目標，而馬醉木為人豪爽，講義氣，也自然而然，成了黃河上下，黑白兩道，人人尊敬的人物。

當初那批人，都成了馬氏牧場的骨幹，一次又一次和土匪決戰，這批人都表現了他們的英勇和武功，漸漸地，自民間到官方，都把馬氏牧場當作了當地的支柱——成千上萬的人靠它討生活，本來土匪最多，行旅談虎色變的地方，也因為有了馬氏牧場這股勢力，而變得十分平靜，大家都給馬氏牧場面子，再兇悍的土匪，也不敢在牧場馬匹出現的地區生事。

所以，馬醉木還領了一個什麼「司令」的正式官銜，不過他卻一點也沒有放在心上。

馬醉木四十歲才娶妻子的，娶的是一個逃荒經過的農村姑娘，結婚之後的第二年，就生下了馬金花。

馬金花雖然是女孩子，可是從小就像她豪邁俠情的父親，一點也不像她那溫柔靦腆得一直像是農村姑娘的媽媽。

馬金花先學會騎馬，再學會走路。先學使槍，才學會拿筷子。先學會罵人，才學會講話。她十二歲那年，已經長得高眺成熟，不知道有多少小伙子，看到她就雙眼發直，成了出名的小美人。

不過，小美人的兇狠，也很快就讓人知道了，有八九個小伙子，仗着人多，在一次市集上，向十二歲的馬金花風言風語的撩撥，馬金花當時只提議賽馬，誰能贏得過她的，她就是賭注，九個小伙子欣然答應。曾經目睹過這場賽事的人說起來，還津津樂道。事情傳開去，自然免不了加油添醋，可是基本上還是可以相信的。

那天早上，十四駿馬，在萬眾矚目之下，馬蹄聲響得像是暴雷，像是一股旋風，掃出了市集，馬金花一身白衣，白得像雪。她頭髮又烏又亮，整天在野外，可是她的皮膚，還是那樣細膩潔白，比任何三步不出閨門的大閨女還要細，還要白。

她又在頭上紮了一條長長的白絲巾，策馬飛馳，絲巾飄揚，再配上那匹通體純白，一根雜毛也沒有的白馬，看得上萬人齊聲喝采，驚天動地。

而那九個想把馬金花贏到手的小伙子，自然也是一等一的騎術好手，所挑的馬，萬中選一，當真是人強馬壯，看得人心曠神怡。

當時，馬金花的父親馬醉木也在集上，有人問他：「馬場主，你看誰能成為你的女婿？」

馬醉木只是嘆了一口氣，搖着頭：「但盼這丫頭下手別太狠，年輕小伙子，看到了姑娘家，口上佔點便宜，免不了！」

當時，聽的人還不知道馬醉木這樣說是什麼意思，不過很快就明白了。

中午時分，市集中最熱鬧，馬金花單人匹馬，又像是旋風一樣捲了回來，喧鬧的市集，在剎那之間，靜了下來，靜得連在集上等待出售的牲口，都不敢發出聲響。

馬金花全身上下，都染着血，不但是她身上染着血，那匹白馬，也全身是斑斑的血漬。

可是看馬金花馳騁而來的那種情形，她又不像是受了什麼傷。

馬醉木帶着牧場中的幾條大漢，迎了上去，馬金花一勒韁，白馬一聲長嘶，人立了一下，立時穩穩釘在地上不動。

馬金花翻身下馬，第一句話是：「把小白龍牽去洗刷，不准弄掉牠一根毛，也不准在牠身上留下一點血。」

牧場上的兩個彪形大漢，立時大聲答應，牽過那匹白馬走開去。

所有人還未曾來得及揣測究竟發生了什麼事，馬金花已向父親道：「爹，公平競馬，我沒要他們的性命，騎術不精，他們自己從馬上摔了下來，斷胳臂折腿，那可不關我事！」

馬醉木只是嘆了一口氣，搖了搖頭，馬金花傲然地站着，當時在場的人，都說才十二歲的馬金花，就憑這一下子，就足以名揚千里！

那九個小伙子，還是馬醉木派了搜索隊出去，才把他們一一找回來，每一個都受了傷，毫無例外的是鞭傷，問起經過來，九個小伙子搖頭咬牙，沒有一個人肯說。最遠的一個，在近兩百里外找回來，就算他們不說，慣在馬背上討生活的人也可以知道，馬金花以一對九，在草原上奔馳追逐的經過是如何激烈！小伙子在開始的時候，可能還不捨得還手，但是到後來，擺明了是生死一線的事，怎還會憐香惜玉？可是馬金花硬是一點損傷也沒有，九個小伙子卻人人重傷，難怪他們沒有臉說出經過！

事後，方圓九百里的小伙子都知道，這個美麗得叫人一看到就發怔的美人，是惹不得的。

一年一年過去，馬金花更美麗，也更沒有人敢惹她，十五歲那年平了中條山那股悍匪，只要老遠看到一團雪白的影子閃過，平時喝了點酒，表示不怕馬金花的大漢，都會忍不住打個哆嗦，唯恐自己的醉話，要是傳進了馬金花的耳中，那就有得受！

馬金花最敏感男女之間的情事，她十五歲之後，有不少大財主，派人來說媒，前來說媒的人，一律不見一隻耳朵離開，五次，大約最多六次之後，自然也沒有人再敢上門。

而平時，馬金花看來，卻和和氣氣，不過她身子高䠷，尋常男人站在她身邊，總還比她矮了些，英姿俠氣，洋溢在眉宇之間，怎麼也掩不住，叫人自然而然，對她產生敬畏之心。

馬金花還有天生的管理才能，牧場中的大小事務，一經她處理，立時井井有條。而且，她還有一種異常高強的排難解紛的能力。那些粗豪的江湖漢子，有了爭執，每每演變成為刀光血影，但要是馬金花到場，不必幾句話，就可以令得本來已經反目成仇的人，變成肝膽相照的好朋友。

馬金花是這樣一個萬眾矚目的傳奇性人物，她的一切行動，都成為人們飯後酒餘的談話資料，她的一舉一動，都被編成各種各樣的故事。

像這樣的一個人，忽然失蹤了，而且一失蹤，就是五年之久，這似乎有點不可想像吧？

可是，事實卻是，在馬金花十六歲那年，她突然神秘失蹤了。

那天，天氣極佳，正是暮春，是牧放馬匹最好的季節。由於她的失蹤，形成了極度的轟動，所以在她失蹤之前的一切行動，事後都被調查得清清楚楚。

馬金花失蹤的經過是這樣的：

一早，馬金花就吩咐了牧場的總管，她要帶着一隊正當發情的兒馬去放馬——把幾百匹處於春情發動期的雄馬，帶到遼闊的草原上去，讓牠們盡情地去馳騁，把牠們那種無窮無盡的精力散發出來，然後，在牠們盡情撒野的過程中，挑選其中最精壯的，作為配種之用，替牧場增添無數優良的馬匹。

放馬，是牧場中的大事，四年之前，馬金花第一次主持放馬，有幾個老資格的放馬人嘀咕幾句，表示馬金花不能勝任，以後，再也沒有人對馬金花的這項能力，表示過任何懷疑。

那天早上，馬金花騎着她的「小白龍」，高舉着右手，「呼」地一下，揮出了手中的鞭子，鞭梢在半空中劃了一個圓圈，把空氣劃破，發出嘹亮的一下爆音，牧場的木柵打開，三百多匹馬，嘶叫着，揚鬃踢蹄，爭先恐後，奔馳出去，所有的人，沒有一個覺得會有任何意外發生。

馬金花一馬當先，她騎的那匹白馬，是整個牧場中最好的一匹，據說，也是整個華北最好的，至少，在黃河以北，長城以南，再也找不出更好的馬來，馬是馬金花從小養大的，馬和人之間，兩位一體，小白龍不睡馬廄，而留在馬金花的閨房，馬金花又愛穿白衣服，所以，她策騎小白龍飛馳，看起來就像是一團迅疾無比，在向前滾動着的白色的旋風。

未經馴服的兒馬，性子暴烈，奔馳起來，也特別急驟快疾，再有經驗的牧馬人，也不敢把自己置身於暴烈的兒馬群中，因為那極度危險，劇烈奔馳，碰撞顛蹶難免，如果一個不小心，自馬背上跌了下來，那非被上千馬蹄踩踏成為肉醬不可。

所以，牧馬人都是先排成了隊形，在大群兒馬還未曾衝出來之前，作好準備，馬群一開始急馳，牧馬人就緊貼在馬群的旁邊跟着飛馳，盡力保持馬群的隊形，不使馬匹奔散開去。

同時，在馬群的後面，也要有牧馬人押陣，在放馬的時候，出動的牧馬人，都有經驗，騎術一流，一個牧馬人，如果一生之中，未曾參加過一次放馬，那簡直不能算是牧馬人。

那一次放馬，馬氏牧場中出動的牧馬人，一共有八十餘人，自然多是經驗豐富的好手，也有是今年第一次參加的新手。

馬金花一馬當先飛馳，馬群衝出來，所有的牧馬人，精神都變得極緊張：

馬群奔馳得太快了。

幾百匹兒馬，像是狂風，向前捲去，距離馳在前面的馬金花，相去不會超過十丈。

所有的牧馬人也都感到，馳在最前面的馬金花，也感到了馬群奔馳的速度，超越了尋常，所以，大家都看到，她在馬上，連連回頭，看了幾次身後的馬群，就盡力策馳着小白龍，飛快地向前馳出去。

因為若是帶頭放馬的人，被馬群追上，置身於馬群之中，就會引起不可控制的大混亂，那將是一場大悲劇！

「小白龍」果然是萬中選一的好馬，一經催策，四蹄翻飛，去勢快疾之極，這一來，可能更刺激起原來就在奔馳的馬群，馬群向前奔馳的速度也更快。

最狼狽的莫如那八十多個牧馬人，他們本來在馬群的兩旁列成隊形，一起在向前飛馳，但是漸漸地，他們開始落後了。

落後的形勢愈來愈不妙，本來牧馬人分成兩列，把馬群夾在中間，可是轉眼之間，飛馳的馬群衝向前，兩列牧馬人之間，已經沒有馬匹，馬匹全在他們前面，而且和他們之間的距離，也愈來愈遠。

這是在牧馬的過程之中罕見的異象，那八十多個牧馬人除了拚命策騎，希望趕上去，沒有別的辦法可想。

其中有幾個騎術特別精嫻的，唯恐失去了控制的馬群衝得太急，要是把馬金花圍進了馬群，那極度危險。所以，他們為了察看前面的情形，都紛紛站立了起來。有的，甚至站到了鞍子上，使自己可以看得更遠。

但是他們都無法看到前面的情形，因為雙方的距離，正在迅速的拉遠，奔馳的馬群，捲起大量塵土，再前面，馬金花的處境如何，完全看不見。

放馬的馬群，本來就最難控制，但是像如今這樣的情形，卻也十分罕見，那些經驗豐富的牧馬人，這時除了拚命策騎，希望可以追上馬群之外，別無他法。可是馬群卻像是瘋了，愈奔愈快，那八十多個牧馬人也分出了先後，馳在最前面的只有六個人，那六個人是頭挑的好手，他們騎着的馬匹，已經被策馳得渾身是汗漿，他們自己也一樣大汗淋漓。

可是，前面的馬群，已經離他們更遠，連一點影子也看不見了。

那六個人又拚命趕了一會，他們的坐騎無法支持，其中有兩匹馬，前腿一屈，跪跌了下來，馬上的人在地上打了一個滾，支撐着站了起來。

兩匹倒了地的馬，望着主人，眼中好像有一種抱歉的、無可奈何的神情。另外四個人也勒住了馬，其中一個經驗豐富的，立時伏身，把耳朵貼在地上。

馬群雖然已經離遠了，但是幾百匹馬在奔馳，馬蹄打在大地上的震動，相當驚人，有經驗的人，可以憑藉地上傳來的輕微震盪，而判斷出馬群的遠近。

那人伏在地上用心聽着，其餘五個人圍在他的身邊，心急的在連聲問：「怎麼樣？離我們多遠？」

那伏地在聽蹄聲的人，神情怪異之極，口角掀動着，說不出話。

這種伏地聽蹄聲的本事，牧馬人多少都會一點，得不到回答，另外兩個人也把耳朵貼到了地上，可是，古怪的神情，像是會傳染，那兩個人的神情，也變得怪異之極。

這時，又有十來個人絡續趕到，也紛紛下馬，三個人慢慢站了起來，齊聲道：「馬群不見了。」

所有人，都發出了七嘴八舌的指摘聲：馬群怎麼會不見了？

那三個人指着地上，示意不相信的人，自己把耳朵貼到地上去聽，一時之間，伏向地上的人，超過了二十個。而且，每個人的神情，都在剎那之間，變得同樣的怪異。

他們聽不到任何蹄聲。

幾百匹馬在奔馳，就算已馳出了五六十里之外，一樣可以有感覺，何以竟然一點聲息也聽不到呢？

所有的人互望着，沒有人出得了聲。最先打破沉寂的是一個小伙子，他陡然一揮手：「馬群停下來了。」

其餘人一被提醒，立時都大大鬆了一口氣；對，馬群一定是停了！馬群停下來，不再奔馳，自然聽不到什麼蹄聲。

可是，各人又立即感到，事情還是不對頭：在奔馳中的馬匹，當然會停下來的，可是，那一大群馬，全是性子十分暴烈的兒馬，不奔出超過一百里去，怎會突然停下來？

而根據馬群剛才奔馳的速度來看，至多奔出二十來里，如果不是有什麼特別的原因，不會停下。

幾個為首的牧馬人商議了一下，覺得停在這裏空論，不是辦法，馬群是不是停下，趕上去看看，立刻就可以明白。由於有許多馬匹，已經疲憊不堪，所以並不是每一個人都可以追上去，大約只有二十個人左右，一起上了馬，帶頭的是個青年人，那時只有十八歲，他的名字是卓長根。

特別強調了一下那位卓長根先生當時的年齡，因為我見到這位卓長根先生時，他已經是一個高齡九十三歲的老人了。

白素的父親白老大介紹給我認識——經過情形是：白老大突然自他隱居的法國南部，打了一封電報，要我和白素立即前去，有「要事商榷」云云。

對於老年人的古怪脾氣，我有相當程度的了解，他可能只是一時寂寞，可能只是一件莫名其妙的小事，「要事」云云，不一定可靠。可是他既然提出了這樣的要求，那就非去不可，甚至不能回一封電報去問一下究竟是什麼事——

那樣做，老人家就會不高興。

不在住所中裝設電話，也是白老大的怪脾氣之一，不然，可以在電話中問一問，究竟是什麼事情。白老大雖然極具現代科學知識，可是他卻十分討厭電話，他常説，電話像是一個隨時可以闖進來的人，不論主人是否歡迎，電話要來就來，不必有任何顧忌，所以，「為了保護生活不受侵擾，必須抵制電話。」

我和白素商量，白素只是淡然道：「好久沒有見到他老人家了。」

我十分知情識趣：「對，何況法國南部的風光氣候，我們都喜歡。」

事情就這樣決定，第三天下午，我們已經到了目的地。白老大有一個農莊，這個農莊的規模並不大，他將其中的一半，用來種葡萄，不斷地改良品種，而且還附設了一個小酒坊，用他考據出來的古代方法，釀製白蘭地——這一直是他的興趣，成就如何，不得而知。

農莊的另一半，用來養馬，算是一個小型的牧場，我們下了機，白老大派來接我們的車子，是一輛小貨車，雖然不是很舒服，但是駛在平整的小路上，兩旁夾道的樹木，觸目青翠，清風徐來，也真令人心曠神怡。而且，在一問了那位駕駛貨車的司機，白老大身體健壯，無病無痛，甚至每天可以在木桶踩踏採摘下來的葡萄三小時以上，那更足以證明他的「要事」，實在只是想見見我們。

既然沒有什麼事，心情當然輕鬆，我索性在貨車車卡上，以臂作枕，躺了下來。小貨車可能是用來運酒的，有一股濃烈的酒味，白素靠在我的身邊，風掠起她的秀髮，不時拂在我的臉上，真使人感到這種安詳，才是真正的人生享受，難怪白老大放棄了他多年來驚濤駭浪式的生活，在這裏歸隱田園。

大約兩小時，就駛進了白老大的農莊，放眼看去，是已經結了實的葡萄，看來粒粒晶瑩飽滿，駛過了葡萄田，是一片空地，房舍就在空地後。這時，在空地上，有不少女郎，正各自站在一個木盆之上，用力踩踏着木盆中的葡萄，這情景，看來有點像中國江南的水鄉，女郎踩踏水車，充滿了健康和歡樂。

車子停在房舍前面，白老大「呵呵」笑着，張開雙臂，走了出來，他滿面紅光，笑聲洪亮，看起來高興又健康。

白老大用力拍着我的背：「你好，有沒有從什麼外星人那裏，學到什麼特殊的釀酒方法？」

的好處。」

我笑着：「沒有，除了地球人之外，似乎還沒有什麼別的星球人能知道酒

白老大大是高興：「對，可以寫一篇論文：酒是宇宙之間真正的地球文化。」

在笑聲中，我們進了屋子。白老大的隱居生活，極盡舒適之能事：決不是什麼排場、奢華，只是舒服，屋子中的每一件擺設，每一個角落，每一件家具，都只從舒適的角度去安排。當然，包括了視覺上的舒適和實際上享受的舒適。

我還沒有坐下，白老大已鄭而重之，捧着一瓶酒，在我面前晃了一下：「來，試試我古法釀製的好酒。」

他說着，拔開了瓶塞，把金黃色的酒，斟進杯子，遞了過來。

我接杯在手，先聞了一聞——這是品嘗佳釀的例行動作。心中就打了一個突，我聞到的，是一股刺鼻的酒精味。這非但不能算是佳釀，甚至離普遍酒吧中可以喝到的劣等酒，也還有一段距離。

我用杯子半遮住臉，向白素使了一個眼色，白素向我作了一個鬼臉。我再向白老大看去，看到他一臉等候着我讚揚的神情。我心中暗嘆了一聲，把杯子

舉到唇邊，小小呷了一口。

白老大有點焦切地問：「怎麼樣？」

我好不容易，把那一小口酒，咽了下去，放下杯子：「這是我有生以來所喝過的——」

我講到這裏，頓了一頓，白老大的神情看來更緊張，白素已經轉過頭去，大有不忍聽下去之勢，我接下去大聲道：「最難喝的酒。」

白老大的反應，出於我的意料之外，他非但沒有生氣，反倒立時哈哈大笑，一面指着一扇門：「老卓，你看，我沒有騙你吧，衛斯理就是有這個好處，一是一，二是二，哼，老丈人給他喝的酒，他也敢說最難喝！」

我在愕然間，已看到自白老大指着的那扇門中，走出了一個老人來。

這個老人的身形極高，腰板挺直，膚色黑裏透紅，下頜是白得發亮的短髯，看上去，像是他的下頜上，鑲了一圈銀絲，他臉上的皺紋相當多，可是雙眼卻十分有神，一點也未現老態。頭頂上一根頭髮也沒有，亮得幾乎可以當鏡子。

我無法估計到這個老人的正確年齡，只覺得這種造型的老人，不應該在現實生活中出現，只應該在武俠電影中才能看得到。

老人一面笑着一面走出來，笑聲簡直有點震耳欲聾，他逕自來到我的面前，伸出手來。他的手掌又大又厚又有力，掌上滿是堅硬的老繭，和我用力握着手，他道：「好小子，我以為小白只是在吹牛。」

他講的是一口陝甘地區的鄉音，聽來更增加豪邁，而且他稱白老大為「小白」，那很使我感到詫異，白老大立時在一旁解釋：「這老不死，今年九十三歲，看起來，還像是不知可以活多少年。」

老人對於「老不死」的稱呼，一點也不以為忤，顯然他和白老大是十分熟稔的好朋友：「大廟不養，小廟不收，看起來，閻王老子不敢和我見面，白便宜了我在花花世界，多活幾年。」

我立刻就喜歡上了這個老人，在這老人的身上，散發着一種只有在中國北方男兒身上找到的豪氣，而且，那是一種原始的、粗獷的、未曾經過任何琢磨的自然氣概。隨着社會結構的迅速改變，這一種氣概，如今很難在現實社會中看得到了。

我笑着：「老爺子貴姓卓？」

老人搖着我的手：「卓長根，你不必叫我老爺子。」

我一時頑皮，脫口道：「那怎麼辦？難道也叫你老不死？」

卓長根笑得更歡：「隨你喜歡。」

他說了之後，伸手一指白老大：「你老丈人說，我心裏的那個謎團，除了你之外，不能有別人可以解得開，所以叫你來聽聽。」

我聽得他這樣說，心中立時想到，白老大電報中的「要事」，原來就是那老人心中的一個「謎團」，看起來，我要聽這位老人家講一個故事。

由於卓長根給我的第一印象十分好，所以我也不反對聽聽，雖然我已經預算了「故事」十分乏味。

白老大放下了手中的酒瓶，另外又拿出了好酒來，看起來，卓長根年紀雖然大，可是很性急，也不理會我在長途旅行之後是不是疲倦，用力一拉我，令我坐了下來，白老大對白素道：「你也聽聽。」

白素在我身邊坐下，在老人還未開口前，我對他的年紀這樣大，但是健康狀況那麼好，感到驚訝。他甚至不肯坐下來說，而只不斷地在走來走去，一刻也不肯停。他這種行動，也影響了我，以致他開始說了不多久，我也坐不住，跟着站了起來。

卓長根講的，就是一開始記述的，馬金花的故事。

當然，和我的預算不相合，卓長根的故事，相當吸引人。

當他講到，他們重整隊伍，再追上去，想去弄明白馬群究竟是不是在前面之際，我和白素已經完全被他的故事吸引住了。

白老大多半是已經聽過，所以卓長根開始敘述，他就自顧自離開了。

卓長根說的，是七十五年之前的往事，可是他的記憶力極好，或者是這件事，給他的印象十分深，所以幾乎每一個細節，他都記得清清楚楚。

二十四健馬，經過了短暫的休息，由卓長根帶領着，立時又開始向前飛馳。

卓長根的年紀輕，可是他騎術精嫻，眾所公認，所以大家推他為首。

卓長根這時，心情的焦急，也在所有人之上，卓長根是萬中選一的壯健小伙子。他九歲那一年，他父親帶着自己培養出來的一百匹好馬，投入馬氏牧場來的。

那一百匹好馬，是卓長根父親畢生的心血結晶。

馬氏牧場，從馬醉木開始，到那時只有六歲大的馬金花，都是眼界極高，對馬的優劣一眼就可以看得清清楚楚的高手，而且牧場中有的是好馬，可是看到了那一百匹馬，也都不禁睜大了眼，馬醉木當時就問：「隨便你要什麼條件，只管開口。」

在這裏，忽然又轉去敘述卓長根的來歷，看起來像是有意在賣關子，但其實不然，卓長根的父親投進馬氏牧場的過程，卓長根這個人，和整件奇怪的事情，有相當密切的關係，既然是在說往事，自然說得詳細一點比較好，請各位略付耐心，必有所獲。

卓長根的父親笑了一下，使馬醉木和馬氏牧場其他人感到奇怪的是，人人都可以感到他的笑容，看來十分淒苦，甚至有一點想哭的味道。

卓長根的父親，那時看起來，大約是四十歲不到，正當壯年，身形高大健壯，有一股剽悍的神情，這一類慣以天地為屋宇的牧馬人，豪情勝概，流血不流淚，再大的痛苦，也不作興在他人面前表露出來，何況他初來乍到，面對的是一群才見面的陌生人。

馬醉木為人豪俠，一看到對方露出了這樣的神情，就知道對方一定有着重大的心事。

他以前未見過卓長根的父親，只是聽說過，有那麼一個姓卓的養馬高手，長年在內蒙狼山一帶放牧養馬，養出來的馬十分有名。可是馬醉木一見到這個人，就喜歡了他，馬醉木判斷一個人的好壞，有兩個十分奇怪的原則。

第一，他認為能養牧出好馬來的人，一定不是壞人。因為好馬不會喜歡壞人，馬和人之間，有一種特殊的互相溝通的本領，一個壞人，就算到手了一匹好馬，也一定養不長，馬會自動離開他。

卓長根的父親養牧出了一百匹這樣叫人一看就喜歡不盡的好馬，怎麼會是壞人？

再加上馬醉木生性豪邁，他當時就不等卓長根的父親再開口，一伸手，重重在他肩頭上拍了一下，又「砰」地一聲，在自己的胸口拍了一下：「卓老弟，不管你有什麼事，就算你那一百匹好馬不給我，也算是讓我開了眼界。不論你有什麼事，要我幫忙，只要我做得到，決不推托半句。」

卓長根的父親又發出了一下淒然的笑容，可是看得出他大大地鬆了一口氣：

「我算是沒有找錯人，馬場主，這一百匹馬，只不過是我的一點心意，不敢說是禮物，而且我也想不出，除了馬氏牧場之外，還有誰有資格養牧這一百匹好馬。」

這幾句話，又讓在場的人，都震動了一下：這是什麼意思？難道他要放棄牧馬？這對於牧馬人來說，簡直是不可思議！

當時，倚在馬醉木身邊的馬金花，就在大家發怔，一下子靜下來的時候，用她兒童的尖音，講了一句話：「怎麼，馬不是你的嗎？你為什麼好好地，不要那些馬了？」

沒有人覺得馬金花不該說話，也沒有人覺得馬金花說的話不對。因為馬是牧馬人的生命和榮耀，儘管卓長根的父親如果不要那批馬了，馬氏牧場可以因之增加一大筆財富，但是那種責問，還是必要的，因為一個自己不要生命的人，還可以諒解，一個放棄榮耀的人，不可原諒，沒有人會看得起。

所以，事實上，馬金花叫出來的話，當時每一個人都想提出來，只不過成年人，即使是再粗獷豪邁的漢子，都會略為先想一下再說，而馬金花只是小女孩，一下子先叫了出來。

這是卓長根第一次注意馬金花。

雖然，一和馬場主見面，卓長根就看到了馬金花，但是一個九歲的小男孩，不會對一個六歲的小女孩加以什麼注意。何況卓長根自小在廣闊的草原上長大，飽經風霜，而馬金花看起來白白嫩嫩，衣着又漂亮，十足是一個三步不出閨門的有錢人家的千金小姐，卓長根自然更不會加以什麼注意。

可是所有的成年人都還保持沉默，她卻先尖聲提出了責問，這令得年幼的卓長根，立即向她望過去。

卓長根那年雖然只有九歲，可是身量已高得出奇，而且十分壯健，看起來，就像是一個十三四歲的少年人。但是他一開口，卻童音未滅，聲音聽起來也有點尖，他父親還沒有回答，他已經踏前了一步，大聲道：「我爹快死了，要不是他快死了，怎會不要那些馬？」

卓長根的話，令得本來已經錯愕的人，更加錯愕，一時之間，人人更不知說什麼才好，卓長根已轉過身，向他的父親道：「爹，我早說過，我也會牧馬，你死了，我一個人也活得下去，何必來求人？」

卓長根的父親又淒然一笑，還沒有來得及回答，馬醉木已經一揚手，立時有兩個人走向卓長根的父親。那兩個人，是馬醉木得力的手下，精通醫理，尤精傷科，有本事把斷成五六截的臂骨接起來，他們聽卓長根說他的父親快死了，心中驚訝之極，小孩子絕沒有道理咒詛自己父親，講的一定是真話，可是眼前這個人，看起來一點也不像快死的樣子！

所以，他們走向卓長根的父親，一個伸手搭脈，另一個立時把手輕輕放在他的額上。

也就在這時候，馬醉木問卓長根：「小兄弟，你今年多大了？」

卓長根昂然回答：「九歲。」

也就是在那一刻，馬金花才注意到卓長根。

當然，卓長根一進來，她已經看到了，可是這樣的少年人，牧場中有的是，馬金花雖然年紀小，但是性高氣傲，與生俱來，除了自己的父親，和那十來個叔叔伯伯，其餘的人，在她眼中看出來，全不值一顧。

不過這時，馬金花至少感到，眼前這個少年，與眾不同。

馬金花望着卓長根，小女孩的神情十分高傲。卓長根也回望着馬金花，小男孩的神情，也十分高傲。

馬醉木豎起了大拇指：「好有志氣的孩子。」

卓長根受了誇獎，也並沒有什麼高興得意的神情，只是得體大方地微微一笑。

馬金花這時，又突然問了一句：「你爹快死了，你怎麼一點不傷心？」

卓長根連想都沒有想就回答：「人到了非死不可的時候，傷心來幹嗎？」

卓長根的話，不像出自一個孩子，他說了那句話，退到了他父親的身邊。

這時，那兩個替卓長根父親把脈的人，現出怪異的神情來，卓長根的父親，也把兩個人輕輕推了開去，那兩個人異口同聲：「卓朋友，你一點病痛也沒有，怎麼會——」

他們把一句話的下半截縮了回去，本來想說「怎麼會快死了」。

卓長根的父親又長嘆了一聲，並不說什麼，馬醉木立時道：「卓老弟，你惹上了什麼厲害的仇家？你放心，既然看得起我，到了馬氏牧場，不管有什麼深仇大恨，也不管對方是多麼厲害的腳色，能化解就化解，不能化解，你的事，就是我的事。」

馬醉木那一番話，慷慨豪俠，聽得人熱血沸騰。卓長根當時立時向他父親望去，一臉希望他父親接受馬醉木的好意。

可是他父親的反應，卻十分奇特，側着頭，神情一片惘然。

這種樣子，與其說他是在考慮馬醉木的話，還不如說他根本未曾把馬醉木的話聽進耳去還好。

馬金花在這時，又尖聲道：「我爹向來說一是一，說二是二。」

卓長根立時冷冷地道：「誰會說馬場主說的話不算數？」

兩個小孩子在鬥嘴，卓長根的父親長嘆一聲，把手放在卓長根的頭上：「馬場主，我只有一件事求你，這孩子叫長根，我把他託給你了。」

馬醉木「呵呵」一笑：「行，那一百匹馬，能帶來多少利益，全歸在這孩子的名下。」

卓長根的父親長長地吁了一口氣，現出十分放心的神情來，聲音有點沙啞：「馬場主，向你討碗酒喝。」

馬醉木立時站了起來，神情十分高興。

因為他認為判別一個人好壞的兩個怪原則的另一個就是：一個人如果喜歡喝酒，這個人也就不會是壞人。喜歡喝酒的人，總會有喝醉的時候，一到酒醉，沒有什麼不能對人說的，人與人之間的關係，也會拉得更近。

他站了起來之後，大聲叫：「拿酒來，我們大家陪卓老弟喝三碗。」

他一吆喝，立時有人抬了一大罈酒進來，馬醉木走上去，一掌就拍開了封泥，酒香四溢，那是窖藏了多年的上佳白乾，一隻隻大碗排了開來，濃烈得幾乎有點不流暢的酒倒進碗中，馬醉木斜眼睨着卓長根：「小兄弟，你也來一碗？」他看出卓長根這小孩十分好強，心想難他一難，看他如何應對。卻不料卓長根連想也不想，只答了兩個字：「當然。」

卓長根的回答，倒像是馬醉木的那一問多餘，馬醉木和所有的人都笑了起來。

每一個人都端碗在手，卓長根做了一件令他日後十分後悔的事，他常告訴自己：這件事做錯了，值得後悔一輩子！

第二部

兩個大謎團

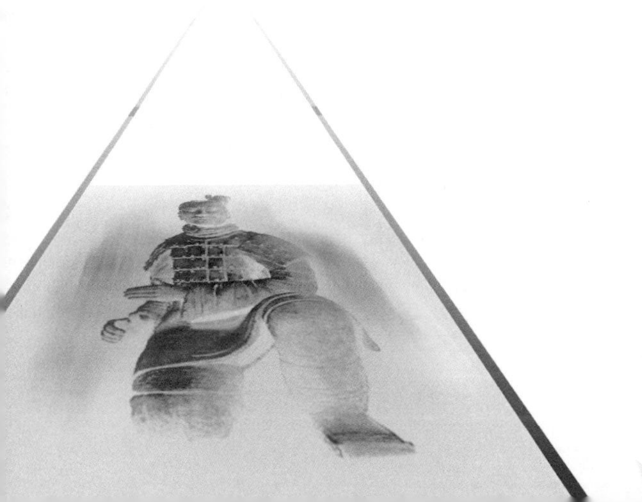

卓長根端起碗來，那一大碗白乾，對於成年人來說，自然不算什麼，但對於一個九歲的孩子來說，就可以把他醉得人事不省。

那些人當然不知道，卓長根從小喝酒長大，蒙古草原上的馬乳酒，酒性又烈又難入口，卓長根可以喝一大皮袋，面不改色，那一大碗白乾，對他來說，真不算什麼。而他所做的錯事是，他的眼睛轉了過去，望向馬金花。他完全沒有說什麼，可是他的神情，他想說什麼，被他看着的人，一下子就可以明白。

馬金花立即明白了，她大聲說：「我也要喝一碗。」

一生之中，不知經過多少風浪的馬醉木馬場主，就算天上有兩個人頭掉下來，落在地上，又咬住了他的腳，他也不會更吃驚！他一聽得他寶貝女兒也要喝一碗，雙手一震，竟然連碗中的酒，也震出了少許來，可知他心中的吃驚是如何之甚，他甚至連聲音也有點發顫，不過他只叫了一聲：「金花。」

他沒有再說什麼，因為他知道，自己的女兒在更小的時候，她要做什麼事，就已經沒有什麼人可以阻止她。

於是，馬金花捧起了一碗酒，看也不看卓長根，就大口大口喝了下去！

各人大口喝着酒，但仍然不免留意馬金花，馬金花喝完了一大碗白乾，看來像是沒有什麼事，走向前去，看她的樣子，像是想把碗放回去，可是她腳才一抬起來，身子便向後仰去，「咚」地一聲響，小腦袋後面，重重撞在大青磚鋪成的地上。

馬金花這一倒下去，直到第四日，方始悠悠醒轉，她後腦上撞起的那個腫塊，八天後才平復，這是後話，表過就算。

馬金花的種種故事，被傳誦的不知多少，但是她喝醉酒的那件事，卻除了在場的各人知道之外，再也沒有別人知道。當時在場的各人，沒有再對任何人講起過。因為他們都知道馬金花好勝性強，那次逞強喝了一大碗白乾，五臟六腑都要翻轉來，連黃膽水也吐了出來，雖然她硬是忍着，沒有呻吟，但是從此之後，她滴酒不再沾唇。

馬金花不喝酒的原因是什麼，也有很多傳說，當然全不正確，真正的原因還是為了那一大碗白乾，她六歲那年，一口氣喝下去的那一大碗白乾。

卓長根後悔自己用挑戰的神情，令得馬金花喝下那一大碗白乾，倒也不是當時的事，而是在若干年之後。當時，他只覺得有趣，馬金花倒下去，他忍不住哈哈大笑。

可是到了若干年之後，他才知道，馬金花因為這件事，心中對他的敵意，是如何之甚。

那真令得他後悔莫及！

當時，馬金花一醉倒，馬醉木苦笑一下，立時把馬金花抱了進去，自有人去照料她。

其餘的人繼續喝着酒，各人都喝了三碗，卓長根的父親放下酒碗，向馬醉木和各人一拱手：「拜託馬場主和各位了，長根這孩子，凡是養牧馬匹的事，他都會做。」

卓長根的父親講完，轉身向外就走。由於他的言行實在太突兀，以致一時之間，人人怔呆，沒有人出聲。每一個人都以為他會把他自己遭遇的困難，向馬醉木說出來。他千里迢迢，前來馬氏牧場託孤，身體又健壯無病，那自然是有了什麼致命的仇家，馬醉木已經說了，願意一力擔當，有了那麼好的機會，他自然應該把自己的遭遇，詳細說出來，才是道理。

可是他只是喝了三碗酒，二話不說就走，真是太出人意表了。

更怪的是，卓長根並沒有跟着他走，只是身子筆直地站着。

卓長根心中難過，人人可以看得出來。他雖然站着不動，可是雙手緊緊地捏着拳，連指節都發白，而且，他臉上的肉，在不斷地跳動。他甚至不回頭看着他父親，或許他是怕一回頭，看到自己父親的背影，就會忍不住嚎哭。

卓長根的父親，走出了十來步，已經快走出廳堂去了，馬醉木才陡地震動了一下，叫道：「卓老弟，等一等。」

卓長根的父親站定身子，卻不轉身，聲音聽來也很平靜：「馬場主還有什麼見教？」

馬醉木的聲音有點生氣：「卓老弟，你太不把我們這裏幾個人當朋友了，你能把長根交給我們，足領盛情，可是你自己的事，為什麼不說？」

卓長根的父親仍不轉過身來：「我的事，已經全告訴長根了。」

卓長根幾乎是叫出來的，充滿着激憤：「不，爹，你什麼也沒有對我說。」

眾人聽着父子倆這種對話，更加摸不着頭腦。

卓長根的父親道：「我能告訴你的，都已經告訴你了，等我走了之後，你轉告馬場主和幾位叔伯。」

卓長根緊抿嘴，一聲不出，額上的青筋，綻起老高，馬醉木走向前去：「卓老弟，何必要叫孩子轉述？就由你自己對我們說說如何？」

卓長根的父親深深吸了一口氣，仍然不轉過身，可是卻昂起了頭來。他的語調沉重而緩慢，可是卻十分堅定：「十年前，我做了一件事，十年之後，我必需為我所做的事，付出代價。代價，就是死，我要到一處地方去赴死，非去不可，不去不行。」

馬醉木立時問：「什麼事？」

卓長根的父親「哈哈」一笑：「馬場主，我什麼也不說，不過一死而已，要是說了，那萬死不足贖我不守信用之罪。」本來除了馬醉木之外，還有不少人有話要問，可是他這句話一出口，卻把所有人都堵住了口。

行走江湖，立身處世，最要緊的是守信用，要是他曾答應過什麼人，絕不說出他曾做過什麼事，那就上刀山，落油鍋，也決計不能說出來。作為他的朋友，更不應該逼他說出來。

當下，馬場主和各人互望了一眼，使了兩個眼色。在場的幾個都是馬醉木的老兄弟，對於馬醉木的行事作風，當然再清楚也沒有，立時會意，其中有一個，以極輕的步子，向邊門走了出去。馬醉木故意大聲說話，以掩飾那人微不可聞的腳步聲：「卓老弟，既然這樣，人各有志，我也不便相強。」

卓長根的父親忽然嘆了一聲：「馬場主，你不必派人跟我，看看我究竟為什麼非死不可，你要是這樣做，不是幫我，反倒是害我！」

馬醉木心裏所想的安排，半個字也未曾說出，就被道了個正着，這令得馬醉木多少有點狼狽，他只好乾笑道：「卓老弟，既然你那麼說，只好作罷。」

卓長根的父親略停了一停，又大踏步向外，走了出去，走出了廳堂。所有人的目光立時全集中在卓長根的身上，卓長根憤然道：「就是這些，我爹也只向我說了這些！他說他一定要死，一去之後，再也不會回來，要我在馬氏牧場，好好做人，他就只說了這些。」

馬醉木來回踱了幾步，站定了身子：「小兄弟，是不是要派人去跟一跟，就由你來決定。」

卓長根的回答，來得又快又斬釘截鐵：「當然要，誰也不想自己的爹，死得不明不白。」

馬醉木大聲道：「好。」

派人跟蹤卓長根父親的事，就這樣決定，而且立即付諸實行。

馬氏牧場在方圓千里，有絕大的勢力，眼線密佈，離開馬氏牧場，往南往北，向東向西有多少條路可以走，哪怕你不走大道，抄的是荒野小徑，信鴿一放出去，前面的人一接到，卓長根的父親一走到哪裏，就都會有「特別照應」，也立時會有報告回來。

開始三天，報告十分正常，卓長根的父親離開之後，向西北方向走去，單人匹馬，一直向同一個方向走着，三天走出了將近五百里。

然後，他就像是在空氣之中消失了，再也沒有他的信息。

這實在是不很可能的事！他的行動，幾乎每一里路都有人盯着，他消失的地方，是陝西省和綏遠省的邊界，一個相當大的鹽水湖，叫作大海子附近的一片荒涼的鹽鹼地。

由於卓長根的父親一直沒有改變方向，所以要知道他的行蹤，不是很難，而且馬醉木推測，他可能回到蒙古草原去，誰都以為盯下去，一定可以水落石出。

第三晚的報告，說他在一個灌木叢旁紮了一個小營，燃着了篝火，對着篝火發怔，一直到了午夜才進了那個小營帳，第二天，未見他出來，盯他的人假裝是牧羊人，走近那個小營帳，他人已不在了。

營帳和馬都在，人不見了。就算他發現了有人跟蹤，棄馬離去，連夜趕路，那麼前途一定仍然會發現他的蹤迹，可是他卻一直沒有再出現。

搜索隊由最有經驗的人組成，這些人，就算七天之前有一隻野兔子經過，他們都可以看得出來，可是一連七八天，就是蹤影全無。

在半個月之後，馬醉木帶着卓長根，一起到了卓長根父親最後紮營的地方。卓長根沒有哭，只是望着那營帳，站着，一動也不動。小營帳他極其熟悉，他父親在草原上放馬，小營帳每天晚上就搭在不同的地方，替他們父子兩人，擋風擋雨，阻雪阻霜。而這時，營帳空了，他父親不知去了何處。照他父親的說法是：他一定要去死！那麼，難道就死在那裏了？如果死了，屍首呢？

他站了很久很久，也沒有人催他，馬醉木陪着他站着。一直到天色全黑了下來，卓長根才道：「馬場主，回牧場去吧！」

馬醉木十分喜歡卓長根這種自小就表現出來的，堅決如岩石一樣的性格，何況他曾答應過，那一百匹上佳良馬帶來的利益，全歸入卓長根的名下，所以，卓長根在馬氏牧場之中的地位十分特殊，絕沒有人敢去欺侮他。而卓長根也很快使所有人都知道，他是一等一的牧馬好手，十三四歲時，他已經高大壯健得看起來像成人。他一點也不利用自己的特殊地位，只是和別的牧馬人一樣，同吃同住，性格豪爽，人人都喜歡他——那是粗豪漢子出自真心的喜歡，年紀比他大很多的人，也不會在他面前擺老資格，不把他當孩子，只把他當朋友。

有一個時期，甚至有大多數人，都認為卓長根可以成為馬醉木的女婿。

可是，卓長根和馬金花的關係，卻糟糕之極。馬金花在酒醒了之後，也不是完全不睬卓長根，兩個人也玩得相當親近。

一直到四年之後，馬金花有一天忽然問卓長根：「你爹究竟到什麼地方去了？他做過些什麼事，為什麼一定要死，你別裝神弄鬼，老老實實告訴我。」

卓長根只是簡單地回答：「我不知道！」

馬金花道：「你一定知道的，哪有自己要死了，連為什麼會死的都不告訴兒子？」

馬金花說的，是人之常情，可是這兩句話，卻深深刺傷了卓長根。早在四年前，他父親簡單地告訴他要去死，他就追問過，要父親告訴他詳情。

可是父親卻沒有告訴他，使他感到自己和父親之間，有了隔膜和距離，令得他極其傷心，所以當時，他父親說什麼都告訴他了，他立時大聲抗議。

而這件事，在卓長根心中，是極重的創傷，絕不想觸及。

可是馬金花偏偏要在他這個心靈創傷中找秘密。他當時陡然轉過身去，聲音嘶啞：「我不知道，真的不知道。」

馬金花卻也犯了拗勁：「你一定知道，你要是不把這件事告訴我，就再也不要和我說話，我也再不會和你說話。」

卓長根當時一聲也沒有出，就昂着頭，大踏步走開去，馬金花想叫住他，但是一想到剛才的硬話，也就硬生生忍了下來。

從此之後，卓長根和馬金花，真的一句話也沒有再講過。聽起來，這不可能，但是在兩個脾氣都是那麼僵的人的身上，就會有這種事發生。

馬金花人很正直，她只不過不和卓長根講話，決不仗勢欺人，找卓長根麻煩。卓長根也坦然置之，做着自己該做的事。

馬醉木知道了這種情形，又是生氣，又是好笑，把卓長根和馬金花兩人一起叫了來。可是兩人你望着我，我望着你，誰也不肯先開口，馬醉木對着這兩個孩子，也無可如何。

他們兩人互相望着對方，而誰也不肯先說話的情形，在日後的歲月之中，每一個月，總有那麼幾次——馬氏牧場雖然大，但兩個精嫻的牧馬人，總有機會見面的。

他們漸漸長大，卓長根曾不止一次後悔，考慮自己是不是應該打破不和她說話的僵局，可是，對一個普通人來說，再也容易不過的事，對於卓長根，卻最困難。卓長根感到，再要找一個像馬金花這樣的姑娘，絕無可能，他也知道要打破僵局，十分容易，只要自己先開口叫她一聲就可以了。

可是那一句「金花」卻比什麼都難開口，有好多次，卓長根午夜騎着馬出去，馳到人迹不至的荒野，對着曠野，叫着「金花」，用盡他一切氣力叫着，叫到喉嚨沙啞。

可是，當他看到馬金花的時候，尤其是一接觸到馬金花那種高傲的、譏嘲的眼光，他的喉嚨卻像是上了鎖一樣，一點聲音也發不出來。

卓長根也知道，就算他先對馬金花說話，也不再會有用，因為那會被馬金花這樣性格的姑娘看不起，認為他向人屈服，不是有出息的好漢。

所以，卓長根只好在暗中嘆息，在他人面前，表現得毫不在乎，若無其事，在馬金花的面前，儘管心絞成一團，可是還得裝出一副倔強的神情來。

九十三歲的卓長根，敘述他少年時的情史，他雙眼炯炯發光，神情又興奮又傷感，聲音充滿了激情。他的這種神態，誰都可以看得出他當年心中對馬金花的暗戀，是如何之甚。

白素在聽到這裏時，輕輕嘆了一聲：「卓老爺子，這是你自己不對，你總不能叫她先向你開口。」

卓長根伸出他的大手，在他自己滿是皺紋的臉上，重重抹了一下：「是她不講理在先，她要問的話，我根本不知道，她愛不講話，只好由得她。」

我對着這個耿直的老人，又好氣又好笑，他心中分明對當年的這段暗戀，極之在乎，可是一直到現在，他還是要裝成若無其事。

他本來要向我們講他心中的一個「謎團」，可是一講到馬金花，他卻連說她，帶說自己，扯了開去，說了那麼多。

由於卓長根和馬金花之間的感情糾纏，和以後事情的發展，有相當大的關係，而且過程也十分有趣，所以我不嫌其煩地記述了下來。

白素當時又搖着頭：「對一個自己喜歡的女孩講一句話，根本不是困難的事，就算你講了，她不睬你，反正已講了一句，再講幾句，也就更加不是難事。」

白素看出卓長根十分豪爽，所以她也不轉彎抹角，毫不客氣地責備他。卓長根一聽，先是呆了一呆，接着，就揚起手來，「拍」地一聲，在他自己的光頭之上，重重打了一下。他那下下手還真重，把我和白素嚇了一大跳。

他一面打自己，一面罵：「豬，真是豬，我怎麼沒想到？」

說着，他又再度揚起手來去打自己，我叫：「老爺子。」一面叫着，一面疾伸出手去，抓向他的手腕，不讓他自己打自己。

可是我的手方一伸出去，他手腕陡然一翻，反向我抓了過來，應變之快，出乎我的意料之外。我一縮手，他斜斜一掌，向我砍來，我趁機翻手，和他的手抓在一起，兩個人都不約而同，較了一下勁。

我真的未曾想到，一個九十三歲的老人，還會有那麼強的勁道，我並沒有用全力，看卓長根的神情，他也沒有用全力，可是也已經令我感到他力道的強勁。接着，他突然一縮手，想把我拉向前去，我幾乎站立不穩。

我總算應變得快，連忙沉氣紮馬，總算穩住了身子，沒給他拉了過去。

卓長根哈哈一笑，鬆開了手，我由衷地道：「老爺子好功夫。」

卓長根笑道：「不算什麼，自小就練的，誰都會幾下子，金花姑娘的武功，就比我高。」

他提到武術修為，仍然不忘記馬金花，令得我和白素互望了一眼，都有點忍俊不禁。卓長根有點忸怩，嘆了一聲：「或許是由於不講話的時間太久了，每多一天不講話，就覺得更不好意思講。當時，如果第二天我就開了口，事情不會那麼僵。」

白素笑了一下：「那畢竟是許多年之前的事了，你一開始就告訴我們，馬金花莫名其妙失蹤了五年之久，就是在那次放馬時失蹤的？」

卓長根現出了十分惘然的神情來：「是的，這個疙瘩，一直存在我的心裏，我……我……」

他講到這裏，可能是由於太激動了，竟然講不下去，他停了下來，深深地吸了一口氣。

我道：「老爺子，你心中的謎團，應該有兩個，一個是馬金花的神秘失蹤，另一個謎團，應該是令尊的神秘失蹤。」

卓長根怔了一怔，像是他從來也未曾想及過這個問題一樣：「我爹？他可不是失蹤，他要到一個地方去死，從此之後，他再也沒有出現過，那當然是他已到了那個目的地，而且，已經死了。」

我搖了搖頭：「不那麼簡單，其中一定還有許多曲折，當時的搜索，是不是夠徹底？」

卓長根又用他的大手在臉上抹了一下，神情沉重，過了一會，才道：「徹底之至，甚至後來找金花姑娘的那次搜索，也不過如此。馬場主真是對得住我爹，在找不到他之後，他還派了很多人出去——」

馬醉木在卓長根的父親失蹤之後，憑他的地位，組織了搜索隊，可是這個人，消失得無影無蹤。於是馬醉木又派了一大批人出去，去調查卓長根父親的過去，一個四十出頭的人，一生之中，總會和別人有過接觸。他曾對馬醉木說過，十年之前發生過一件事，如今非去就死不可，查明那是一件什麼事，事情就多少可以有點眉目。

這項調查工作，做得十分徹底，而且在開始的時候，進行得也算是順利。

卓長根的父親是養馬的好手，長期在蒙古草原上活動，蒙古民族愛馬如命，內蒙草原上各部落的王公和首腦，都對他十分禮遇，他只說自己姓卓，從來也沒有向人提及過自己的名字。

蒙古人上下，都對他十分尊敬，一致稱呼他「卓大叔」。卓大叔曾在好幾個部落中生活，在達里湖邊住的時間最久，長達三年，在那裏娶妻生子，娶的是克什克騰旗中最漂亮能幹的一位蒙古姑娘。蒙古姑娘一般來説，很少嫁給外族人，但是由於他養牧馬匹的才能實在太出色，所以不被當作外人，克什克騰旗的旗主想把他留在旗裏，這才有了這宗婚姻。

結婚第二年，就生下了卓長根，可是三年一過，他卻堅決要離開，因為那位蒙古姑娘——他的妻子——得病身亡，他感到十分傷心，不想再留在傷心地。

從此，他就帶着小卓長根，一直在草原上，從這裏走到那裏，也帶着他精心培育出來的良種馬，而且毫不吝嗇地把自己的種馬，給各處的蒙古養馬人去配種。

所以，卓大叔的名頭，在內蒙草原上，極之響亮。打聽起來，十分容易，而且只嫌搜集到的資料太多。

可是調查他的過去，卻發現了一樁怪事。

卓大叔那麼出名，一直可以追查他帶了一百匹馬，帶了卓長根到馬氏牧場來。往上推，可以推到他十年之前，在克什克騰旗出現，結婚，生子。但是再向前追查：他在克什克騰旗出現之前，在哪裏，幹什麼的？是什麼出身的？卻全然無可追尋，不論如何追查，一點線索也沒有。

十年之前，突然出現，十年之後，突然消失。在他出現之前，沒有人知道他從何而來，在他消失之後，也沒有人知道他去了哪裏！

一個人，有那麼超卓的養馬才能，固然要天生愛馬，有和馬匹之間溝通的天生本領，但是各種各樣的技術，決不是一朝一夕可以培養出來，必須是經年累月嚴格訓練的結果。

那也就是說，卓大叔之前，也必然是一個牧馬人，不可能從事別的行業。而且絕對可以肯定，他早就是一個十分出色的牧馬人！馬醉木認為，一定可以把他的來歷找出來，就算他曾經改名換姓，但是相貌改不了。就算他連相貌也能改變，他那種養馬的手法，也必然傳誦在他工作過的牧場。於是，第二階段的調查工作再度展開，所有的人，以為一定很快就有結果，在時間上，恰好是十年，人人都猜想，卓大叔多半是在十年之前，在他的身上，發生了一件重大的事，所以才到了內蒙草原。

十年的時間並不算太長，以他那種出色的牧馬人，只要曾在牧場生活過，人家一定會記得他。所以，派出去調查的人，先在附近的大小牧場中去問，漸漸地，愈問愈遠，一直擴展出去，直到南到河南南部，東到山東沿海，北到外蒙古，西到天山腳下，問遍了大大小小的牧場，找遍了所有可能養牧馬匹的大小部落，卻沒有一個人知道卓大叔的。

那真是怪誕之極！這個人是哪裏來的？總不會是從江南水鄉來的吧？雖然江南也有人養馬，但是決不會有這樣一個連蒙古人也奉若神明的養馬好手。

經過了將近兩年的調查，所得的只是卓大叔十年內生活情形，那十年中，他的生活情形，詳細得不能再詳細。但是在十年之前，卻半點也查不出來。

馬醉木無可奈何，把卓長根叫到了面前，先和卓長根對喝了三碗酒，再把這兩年多來，調查他父親來歷的經過告訴他。然後才問：「你爹在克什克騰旗出現之前，究竟是幹什麼的？」

卓長根的回答，令馬醉木啼笑皆非，他愣頭愣腦地道：「那我怎麼知道？那時我還沒有出世。」

馬醉木「嚇」地一聲：「他難道沒有對你說過他的過去？」

卓長根搖頭：「沒有，爹很少說他自己，總是說媽媽是怎麼漂亮，怎麼能幹……爹根本沒有說過他自己什麼，我也沒有問過他。」

馬醉木嘆了一口氣，真正無法可施。

我聽到這裏，大聲道：「老爺子，這不是很對勁吧，你們父子兩人，相依為命，他一定對你說他自己的過去的，一定會說的。」

卓長根大有怒容：「我說的是實話，真沒說過。」

白素忙打圓場：「老爺子說沒說過，一定是沒說過。」她說着，又狠狠瞪了我一眼。

我苦笑了一下，但仍然咕噥了一句：「你不問，這也說不過去。」

卓長根嘆了一下：「那時我年紀還小，不懂得那麼多，等到我漸漸長大，想問，也不知道去問什麼人了。」

他的語調之中，充滿了傷感的意味，我搖着頭：「那位馬場主的做法，也不是十分對，應該着力於去調查他到哪裏去了，而不應該去調查他是從哪裏來。」

卓長根只是簡單地回答：「他盡了力，我們大家都盡了力。」

我還想說什麼，白素向我使了一個眼色，示意我不要亂說話，所以我想了一想才開口：「一個人，可以來自任何地方，中國地方那麼大，他從哪裏來，無從調查。」

卓長根緩緩地道：「他不可能從很遠的地方來，因為在克什克騰旗，第一個發現他的人和他交談，他說的話，是地道的陝甘土腔。就像我現在說的。小伙子，聽說你對各地方言都很有研究，你學句我聽聽。」

陝甘一帶的語言，基本上是黃河以北的北方語言系統，但是另有一股自己的腔調，我就學了幾句，卓長根呵呵笑了起來：「學是學得很像，可是一聽就聽出，那是學的。」

我有點不服氣：「第一個見到令尊的人，對辨別語言的能力十分高強？」

卓長根點頭：「是，他是一個馬販子，陝西人，經常來往關內外。」

我望着他，白素說道：「老爺子，你後來又到克什克騰旗去調查過？」

卓長根點頭：「是，我是半個蒙古人，我的外婆還健在，舅舅也在，我在十五歲那年，曾離開馬氏牧場，回到克什克騰旗，去看他們，同時，也想進一步知道我爹的來龍去脈。」

我問：「你有什麼發現？」

卓長根皺着眉：「問下來，第一個遇見我爹的，我已經說過了，是一個馬販子，那個馬販子……後來我也找到了他，他詳細說了怎麼遇上我爹的經過。」

我和白素都十分感到興趣，卓長根的父親，真可以說是一個神秘人物，沒有人知道他從何而來，也沒有人知道他的下落。充滿神秘氣氛，第一個見到他的人，自然十分重要。

我來不及地問：「那馬販子說當時的情形怎麼樣？」

蒙古包中的每一個人神情焦急，部落的首腦全在，馬販子江忠也在，他更是愁眉苦臉，因為上個月他揀定了的一群馬，都患了病。

草原上，最怕牲口生病，不怕人有病。人生病一個一個生的，而牲口生病，一群一群生，幾千匹馬的馬群，可以在三四天之內，全部因病死亡，使牧馬人多年的心血，一下子就變得什麼也沒有！

江忠來了兩天，一切都準備好，準備把馬群趕到關內去，可是馬群卻生起病來，部落中擅於醫治牲口的人，甚至說不出馬群患的是什麼病，對橫臥在地上，看來奄奄一息的大量馬匹，一籌莫展，束手無策。

大家在商議着如何對付，可是誰也想不出辦法，江忠嘆了一聲：「各位，這是老天爺和我們作對，看來，馬群沒有希望了，我付的訂金也不敢要了，大家都受點損失吧。」蒙古民族做生意，十分誠實，部落的首腦搖頭：「不，沒有馬交給你，怎能收你的錢，我們會把訂金還給你。」

江忠嘆了一聲。本來，這一批好馬，他預算可以給他帶來很大好處，這時自然也泡了湯，他心中在打算着，是不是再到別的部落去看看，可以買些馬進關，總比白跑一趟的好。

而就在這時候，蒙古包外，傳來了一陣吵鬧聲，江忠聽到有蒙古話的罵人聲，也聽到了一個人，在用他的鄉音在大聲叫着：「你們算是什麼養馬人？那麼多馬病了，你們只在病馬旁邊坐着，不想一點辦法？」

被這個人罵的蒙古人，正因為馬群生病而氣苦，雙方之間的言語也不通，罵聲又響起，而且，很快地就變成了打架。

江忠和幾個部落的首腦，奔出蒙古包去，看到至少有六七個小伙子，正圍住了一個人在動手。

那人的個子十分高大，蒙古人擅長摔跤，可是六七個人對付一個，卻一點也討不了好去，那人腿長手大，身手不是很靈活，可是他高大的身軀，卻壯健無比，兩個蒙古小伙子，一邊一個抱往了他的腿，想把他扳倒，他卻屹立不動，一伸手，抓住了那兩個小伙子的背，反倒把那兩個小伙子硬抓了起來，令得那兩個小伙子，哇哇大叫。

江忠奔了過去，叫：「別動手，別動手。」

部落的首腦也喝退了那些小伙子，那人挺立着，看起來，約莫三十上下年紀，身上的衣服，樣子十分奇特，寬大，質地十分粗糙，他站定了之後，氣呼呼向江忠望來。

江忠看出這個人的神情，有一股相當難以形容的尊嚴，他一生做買馬的生意，見過不少人，江湖手段十分圓滑，連忙向那人一拱手：「朋友你是——」

那人皺了皺眉：「我是養馬的，剛才我看到馬圈子裏的馬，全都病了——」

他說着，向不遠處的馬圈子指了一指：「你們怎麼還不去醫治？那種病，七天準死！」

江忠喜出望外：「我們不去醫治？我們正為這些病馬愁得要死了，朋友，你能治，請你大發慈悲吧。」

那人咧嘴一下：「原來你們不會治！真是，怎麼不早說，快去採石龍芮。」

江忠知道「石龍芮」是一種草藥，在草原上到處可以採到，他忙把那人的話翻譯了一下，從蒙古包中跟出來的人中，有幾個是專擅醫治馬匹的，一聽了之後，就「啊」了一聲，其中一個道：「石龍芮只醫馬瘡，這些病馬——」

那人顯然不懂蒙古話，神情焦急地催：「你們還等什麼？」

江忠又把那句話譯了給那人聽，那人揮着手：「石龍芮的葉，大量，熬水，趁溫，灌給馬飲，一日三次，第二天就好，照我的話去做。」

他說話時，有一股自然而然的權威，江忠把他的話轉達了，部落的首腦立時大聲喝着，幾個小伙子飛奔着去傳話。

當天晚上，部落中人人忙着，打熬成了青綠色的藥液，灌進病馬的口中，第二天一早，病馬已經有了起色，可以站起來了。第二天傍晚，病馬已能長嘶踢蹄，可以餵草料了。

江忠對那人佩服感激得五體投地，不住賣交情，可是那人並不很愛說話，只是道：「我姓卓，是一個養馬人。」

江忠立時改口，稱那人為「卓大叔」，以表示他的尊敬。後來在蒙古草原上，人人都叫那人為「卓大叔」，就是首先由江忠叫出來的。

卓長根找到江忠的時候，江忠對那第一次的印象，十分深刻：「你爹簡直是救了我們，你想想，蒙古人怎麼肯讓那麼好的牧馬人離開？當時就替他專搭了一個蒙古包，要什麼有什麼，你爹就這樣在克什克騰旗住下來，後來，還娶了旗裏頂尖的姑娘，這才有了你，你現在長得那麼高大了，真像你爹當年，什麼？你爹失蹤了？那怎麼會，自從你媽死了，他不是一直在草原上養着馬？」

卓長根並沒有向江忠說他父親如何失蹤的經過，只是問：「你和各地的馬場都有聯絡，難道就沒有去打聽一下，我爹是從哪裏來的？」

江忠道：「怎麼沒有，那次我趕了馬群進關，對很多人說起，有那麼一個養馬的好手，本來不知是在哪一個牧場，怎麼會把他放走？可是怪的是，說起來，竟沒有一個人聽說過有你爹這一號人物。」

卓長根苦笑了一下，他父親的來歷，馬醉木花了那麼多人力物力查不出，江忠當時也留意過，也同樣沒有人知道。

卓長根沒有再問什麼，他在他外婆家裏住下來，他那時雖然只有十五歲，可是在養馬方面的非凡才能，已經令人刮目相看。他對自己的母親，一點印象也沒有，由於他自小在草原上到處流浪，蒙古各族的語言，他都十分精通，所以，當他的外婆，一把眼淚，一把鼻涕，向他敘述他母親是如何美麗能幹，卓長根完全可以聽得懂。

老外婆那年已經快七十了，卓長根陪了她幾天，從她的口中，得知了很多母親和父親的事，短暫的婚姻生活十分甜蜜，老外婆欷歔地說着：「可惜時間太短，你娘死了，你爹傷心得什麼似的，親自把她葬了。你爹有一塊白玉，一直不離身佩戴着，他要帶你離開，把那塊白玉解下來給了我，說是他令我失去了一個女兒，他心中也很難過。唉，那是天命啊，還能怪誰？這塊白玉，我倒一直留着，你來了，就給你吧。」老外婆手發着顫，取出了一塊長方形的白玉來，交給了卓長根。

卓長根當時就感到，這塊父親一直佩戴在身邊的白玉，可能和他的來歷有關，所以當時就收了下來，也一直佩戴在身邊。

那是一塊質地極佳的白玉，純潔通透，一點雜質也沒有，整塊玉溫潤得像是具有生命。玉大約有十二公分長，八公分寬，相當厚，厚度約莫是一公分，上面有着刻工十分古樸的虎紋。

卓長根講到他的外祖母把這塊白玉給他，就把那塊白玉，取了出來，交給我和白素傳觀，所以我才能把它的形體詳細描述。

那真是一塊上佳的美玉，白素輕輕撫摸着它：「這種形狀的古玉，有一個專門名稱，叫『瓅』，一般來說，形體不會那麼大，我看這是戰國時期的東西，不知道老爺子有沒有拿去給識玉的人看過？」

卓長根笑了起來：「小女娃，你的話，已經證明你是一個識玉的人。」

白素一時之間，可能不能適應「小女娃」就是她，所以呆了一呆：「這種方瑚，古人用來作佩飾，這件玉器的最早的主人，一定地位十分高，不然，怎能佩這樣的美玉？」

卓長根連連點頭：「小女娃說得對，我問過不少人，也曾到著名的古玩店去問過，北京一家大古玩店，一見就問我是不是肯出賣，一開口，就是三千大洋。我說不賣，他們就問我是哪裏來的，我說是父親的遺物，他們不信，說這樣的玉器，是古玉之中最珍貴的，不會落在普通人的手中。」

他說到這裏，頓了一頓：「可是，那又的確是我爹留下來的。雖然他是一個那麼出色的牧馬人，可是這東西和他的身分也不相配，不知道是怎麼得來的。」

我在白素的手中，將那塊白玉接了過來，真是一塊好玉，上佳的美玉，有一種十分迷人的力量，叫人迷戀於它的質地和顏色。中國人一直相信玉可以辟邪，可以帶來好運，象徵着君子和忠貞，當然大有原因。

我道：「你得到了這塊白玉之後，一定曾花過不少功夫去追索它的來歷。」

卓長根點頭：「是，所有的人都認定這是一塊古玉，是戰國，秦代的古物。」

白素側着頭，想了一想：「奇怪，一般來說，質地愈是純潔的白玉，在入土之後，就愈容易產生各種顏色的斑迹，這塊白玉，看起來未曾入過土。」

卓長根「嗯」地一聲：「是，也有人對我這樣說。當時我認為這塊白玉，可以助我查出爹的來歷，但結果還是沒有用。我回到了牧場，和馬場主提起，他見了那塊玉，愛不釋手。當時金花也在旁，她也喜愛不已，唉，當時我若是說：金花，你喜歡，就給了你吧。她一定會要的，那就好了。」

九十三歲的卓長根，又說到了他少年時的情愛糾纏上去了，我笑着：「老爺子，該回頭說說那次放馬出亂子的事了，馬金花就是那次失蹤的？」

卓長根深深地吸了一口氣，手捏着拳，在自己的額角上輕輕地敲着，像是借助這樣的敲動，就可以把往事一點一滴，全都敲出來。

第三部

馬金花離奇失蹤

經過整頓之後，卓長根一聲呼嘯，帶着其餘的牧馬人，一起疾馳向前。

這時，他們都說不上人強馬壯，事實上，剛才的飛馳，已經使人和馬都精疲力盡，可是他們還是把身體的每一分力量都榨出來，策馬前馳。

卓長根的心中極焦急，他和馬金花雖然一直不講話，可是心中對馬金花的愛戀，卻愈來愈甚，這種難以宣泄的、埋藏在他心底深處的愛情，使他感到極其痛苦。

當時，二十騎雖然一起出發，但卓長根很快地又把其餘人拋離。

他向前飛馳，心憂如焚，因為前面，馬群和馬金花究竟發生了什麼事，他全然無法想像，但是，他心中也有一個秘密願望，追上去之後，只要見到了馬金花，他就一定會打破多年來的僵局，不但要對她說話，還要緊緊地擁抱她。

一口氣馳出了將近二十里，未見馬群的蹤迹，卓長根已經全身都被汗濕透，向前看去，前面有一些起伏的小土岡，他揀了一個比較高的土岡，馳了上去，才一到達岡子上，他就大大鬆了一口氣。

那群馬兒，就在前面的一片草地上，看來十分正常，有的在小步追逐，有的在低頭啃草，有的在人立跳躍。馬群原來已經停了下來，難怪伏地聽，也聽不到馬蹄聲。馬群既然已被控制了，那麼馬金花自然也沒有事了。

卓長根心跳得十分劇烈，他回頭看，其餘人還沒有追上來，要是人一多，他的秘密心願，就難以實現，趁現在衝下去，他有機會可以和馬金花單獨相處，那才是好時機。

一想到了這一點，卓長根興奮得大叫了一聲，一抖韁繩，就向岡子下直衝了下去，至多兩三里的距離，一下子就衝到了近前。

他在向下衝的時候，已經在大聲叫着：「金花！金花！」他要先叫起來，因為他實在不能肯定，在見到了馬金花之後，是不是還有勇氣叫得出口。

他策騎衝進了馬群，引起了馬群中一陣小小的騷動，有十來匹馬，被他衝得向外四下奔了開去，但是奔不多遠，也停了下來。

卓長根一眼就看到了馬金花的那匹「小白龍」，雖然馬群之中有着不少白馬，但是再也沒有一匹，像這匹白馬那樣白，在陽光之下，小白龍的一身白，簡直耀眼，小白龍正在低頭啃着草，卓長根直衝到了小白龍的近前，才勒定了韁繩，他仍在叫着：「金花！」

他得不到回答，這令得他在剎那之間，感到了極度的氣餒。

經過了那麼多年，他終於鼓起了勇氣，要打破他和馬金花之間的僵局，可是他得不到回答。馬金花根本不睬他，說不定就在他身後，用她那種高傲的神情，在對他發出冷笑，在譏嘲他男子漢大丈夫，說出口的話不算數。

卓長根身上的汗，一下子全變成了冷汗，小白龍在，馬金花一定不會遠，她就躺在草地上？卓長根慢慢轉動着身子，他沒有勇氣見到馬金花，可是他知道，這場羞辱是免不了的。

但是，他沒有看到馬金花。

除非馬金花有意躲起來，不然，卓長根一定可以看到她。草地上的情形，一目了然，但是他沒有看到馬金花。

其餘牧馬人正向這裏馳來，蹄聲已經可以聽到，而且在迅速接近。卓長根硬着頭皮，大聲道：「好，算我輸了，是我向你先說話，你躲在哪裏，出來吧。」

他的話，仍然未曾得到回答。

這時，卓長根半分也沒有想到馬金花會就此失蹤，他還以為馬金花根本不肯原諒他，存心要他在許多人面前栽一個大筋斗。

他嘆了一聲，心中十分難過，人在馬上，像是僵硬了一樣。他這樣發呆的時間並不長，那十九個被他拋在後面的牧馬人，已經相繼趕到。

一看到馬群在草地上的情形，人人都大大地鬆了一口氣，或許由於剛才的心情實在太緊張，一見到馬群平靜地在草地上，一時之間，一個最重要的問題，沒有人想起，到所有的人到齊，才有一個人突然想了起來，大聲問：「咦，金花姑娘呢？」

這一問，令得人人都為之一怔，一起向卓長根望了過來，因為他第一個趕到，應該知道馬金花在什麼地方。卓長根避開了各人的眼光，語音生硬：「我不知道她在哪裏。」

眾人又呆了一呆，卓長根和馬金花之間的彆扭，人盡皆知。立時有人想到，馬金花或許是不願意單獨和卓長根相處，所以卓長根一到，她就避了開去。可是這樣想的人，立時又知道自己的想法不對，因為小白龍在，馬金花不會走遠。

小白龍是馬金花的命，甚至夜間，小白龍不是在馬廄，而是在她閨房的外間。而草地上看過去，看不到有人，幾個人大聲叫着，幾個人策騎向前馳，去看看馬金花是不是到了附近的一條小河邊上。

馬金花卻一直沒出現。

開始，沒有人緊張，但隨着時間慢慢過去，馬金花仍然沒有出現，人人都感到事情有點不對頭了。尤其是卓長根，他甚至抓住了小白龍的馬鬃，大聲問：「金花姑娘到哪裏去了？」

小白龍的嘴移動着——可惜牠不會講話，不然牠倒一定會說出馬金花到了何處。

有幾個比較老成一點的牧馬人圍在卓長根的身邊，卓長根沉聲道：「先把馬群集中起來，這只要四個人就夠，其餘的人，兩個一組，跟我去找金花姑娘。」

十六騎，分由八個不同的方向馳出去，卓長根和一個牧馬人馳得最遠，雖然明知馬金花不會走得太遠，可是他們還是馳出了六十多里才折回來。

他們回到那片草地，又有三二十個牧馬人趕到，太陽快下山，人人面面相覷：馬金花還是蹤影全無！

這簡直是不可能的事，令得人人猶如置身惡夢，馬金花不見了，她的馬在，她人不見了！

卓長根焦急得像是瘋了，在暮色漸濃時，他又下令：「我們再去找，派人到牧場去，報告場主。」

兩個人立時出發，卓長根等幾十個人，又四下散開，天色迅速黑了下來，所有的人，都疲累不堪。可是馬金花蹤影全無，這些人，寧願自己累死，也要找下去，不能讓馬金花就此失蹤。

卓長根又回到那片草地，燃起了好幾堆大篝火，時間早已過了午夜，快天明了。馬醉木和幾個得力助手，也已經趕到，聚集在篝火旁少說也有一二百人，火光閃動，映在他們充滿了焦慮神情的臉上，沒有一個人出聲。

卓長根看到馬醉木站在小白龍的面前，盯着小白龍，如同泥塑木雕。

卓長根下了馬，深深地吸了一口氣，來到了馬醉木的身前，馬醉木的聲音，低沉得駭人，多少年來，卓長根從來沒有聽過他用這樣的聲音講話，他在問：「金花她能到什麼地方去？」

他這樣問着，才緩緩抬起頭來，望向遠方，也不知道他在看什麼，遠方起伏的山影，在黑暗之中看來，十分神秘。

卓長根感到喉間像是有什麼東西塞住了一樣，馬醉木的問題，他要是能回答得出來，那倒好了。

卓長根沒有回答馬醉木的問題，只是把他如何追上來，一上了岡子，就看到了馬群的經過，講了一遍，他的聲音像是被什麼力量撕碎了，聽起來十分怪異。

他道：「我衝下來時，一直在叫她，場主，我決定要叫她，可是她卻不在，我想她聽不見……我在叫她了。」

馬醉木陡然震動了一下，雙眼之中，像是要噴出火來：「小子，你這樣說是什麼意思？」

卓長根給他一喝，只是挺立着，不再出聲，馬醉木出聲叫着：「金花不會死，她一定是跑開了，到什麼地方去，說不定我們回去，她已經在家！」

他講到這裏，陡然停了下來，因為他發現他講的話，別說人家不會相信，根本連他自己也不會相信。

馬金花上哪兒去了呢？搜索再開始，由馬醉木親自率領，馬醉木雖然因為變故而有點失常，但是處理起事情來也還有條不紊。他要卓長根那一批人，就在草地上休息，他帶着新趕來的人去搜索。

馬醉木的搜索隊，到中午時分才回來。這時，消息已經飛快地傳了開去，附近凡是和馬氏牧場有關的人，都趕到了這片草地來。馬氏牧場的信鴿，全放了出去，通知所有和牧場有聯繫的地點，留意馬金花的下落。

馬醉木在中午回來時，雙眼之中，佈滿了紅絲，看來十分駭人。

他一下馬，就被將近二十來個人圍住，圍上來的人，都是自己知道自己的身分地位，可以和馬醉木議事，其餘的人，都遠遠站着。

馬醉木打開一壺酒，站着，大口大口地喝，酒順着他的口角，直流了下來。等他喝夠了，他才開口：「金花會落在哪一股土匪手裏？」

這個問題，卓長根也想到過了，馬氏牧場和附近一帶的土匪，曾經有過你死我活的劇鬥，一直是馬氏牧場佔着上風，去年中條山的那一幫土匪，被馬金花奇兵突襲，完全消滅，土匪聞風喪膽，哪裏還敢在馬氏牧場的勢力範圍之內生事？

所以他一想到，立時就否定了，這時，他沉聲道：「只怕沒有什麼土匪敢。」

馬醉木問：「小股的呢？」

卓長根道：「十個八個小股土匪，金花姑娘一個人足可以應付過去。」

各人都同意卓長根的話，想要馬金花就範被擒，那非得有一番驚天動地的惡鬥，可是小白龍和馬群好好地在，草地上連一點爭鬥的迹象都沒有。

馬醉木苦笑，這一天一夜下來，他好像老了不知道多少，同樣的話，他已經問過了不知多少遍，這時他又問了出來：「那麼，金花到哪裏去了？」

馬金花究竟到什麼地方去了，各種各樣的可能，都被提了出來，但沒有一樣可以成立，到最後，各方面的消息都傳了來：沒有馬金花的蹤迹，那時又是午夜時分，一個大家都想到，但是誰也不敢講出來，最可怕的一個可能，終於有人先說了出來。

一個牧馬人用顫抖的聲音道：「金花姑娘會不會……在馬群……疾奔時……被撞跌了下來？」

在這個牧馬人提出了這一點之後，草地上靜到了極點，只有篝火發出必必剝剝的爆裂聲。馬醉木首先狂叫了起來：「不會！」

卓長根也跟着叫：「不會！」但是在他們兩人叫了「不會」之後，卻又是極度的靜寂。

當然，沒有人希望有這樣的事發生，但是除此之外，似乎沒有別的可能。而如果是這樣，那麼，馬金花整個人，在馬群的踐踏之下，可能早已變得不存在了。

卓長根想到這一點，身子不由自主發着抖，但是他還是竭力鎮定：「好，天一亮，我們循回路去找，總有一點什麼剩下的——」

卓長根的意思是，就算馬金花已慘死在馬蹄之下，被幾百匹疾馳中的馬踩踏成為什麼都不存在了，總還有點東西、迹象可以留下來的。可是他的話還未講完，一個人撲了過來，他臉上已中了重重的一拳，那一拳，令得他跌倒在地，當他一躍而起，看清了打他的是馬醉木時，他一句話也沒有說，只是默默地抹去了口角處湧出來的血。

馬醉木厲聲說：「誰也不准那麼說，金花不會死。」

他叫了那句話，這個鐵打一樣，受盡人尊敬的好漢，身子突然一個搖晃，向下便倒，昏了過去。

那麼一個強壯的人，天神一樣的人，居然也支持不住！這對於在馬醉木周圍的人來說，又是一件不可思議的事，連他幾個得力的老手下，也慌了手腳，還是卓長根比較鎮定，一面扶他起來，一面指揮着，用冷水淋潑。

馬醉木醒過來，卓長根就在他的面前，他的第一句話就是：「拿酒來！」一皮袋烈酒，傳到了他手中，他仰着脖子，嘓嘟嘓嘟，一口氣把一皮袋酒全都灌了下去，然後，用充血的雙眼，盯定了卓長根：「長根，你一定要把金花找回來。」

卓長根沉着地答應着，雖然這時，他自己也心亂如麻：「馬場主，一定，一定要把金花找回來。」

馬醉木又說了第三句話：「拿酒來。」從那天開始，馬醉木似乎不會再說別的話了，他終日在醉鄉之中，難得有一刻清醒，他總是用充滿了期待的眼光，望着他身邊的人。

不論在他身邊的是什麼人，都知道這個豪爽勇敢、正直俠義的好漢，希望能聽到有關他女兒的消息。

每一個人，都不知多麼希望能把好消息帶給他，可是馬金花卻消失得無影無蹤，用盡了方法，不知許下了多大的賞金，不知聯絡了多少人，一點消息也沒有。

所以，馬醉木難得一刻清醒，望向各人，沒有人敢和他的眼光接觸，人人都避開了他這種目光。於是，馬醉木也知道究竟是怎麼一回事，他就會用被烈酒灼傷了的嗓子，啞着聲音叫：「拿酒來。」

馬醉木的傷痛，竟然可以到這種地步。他疼女兒，那人人都知道，但是直到這時，才知道他疼愛女兒的程度，是如此之深，至於馬金花的母親，仍然一言不發，只要她醒着，她就用她那纖弱無力的手，握住了馬醉木的粗糙的厚實的大手，望着她的丈夫，默默垂淚。

只有一次，她對着卓長根講了幾句話：「長根，金花這孩子，知道她爹怎樣疼她的，她決不會無緣無故不回來，她……一定死了。」

卓長根當時，傷痛的程度，不會在馬醉木之下，他情緒激昂地回答：「不，金花不會死。」

金花她媽淚如雨下：「她要是沒有死，又不回來，那一定不知落在什麼人手裏，苦命的金花……她爹一輩子又沒有做什麼壞事……」

女人總是這樣子，尤其是那個時代的農村婦女，遇到了慘痛的變故，除了埋怨命運之外，沒有別的途徑可以發泄她們的悲痛。

那是卓長根連想都不敢想的事：金花落在壞人手裏！一個像馬金花那樣，如花似玉的美麗少女，如果落在壞人手中，而又失去了抵抗能力，會發生一些什麼事，實在是一想起來，就會令人發瘋！卓長根當時就叫了起來：「不會的！不會的！」

馬金花失蹤，馬醉木不敢面對現實，終日沉醉，馬氏牧場中的事，大多落到了卓長根的身上，卓長根從早到晚，幾乎沒有一刻空閒，但是他只要一有空，就會騎着小白龍，馳到那個土岡子下的草地，停下來，對小白龍講上半天話，希望小白龍能指點他，告訴他，馬金花究竟是到什麼地方去了。

當然，他得不到任何回答。

卓長根敘述到了這一段，伸出蒲扇也似大的雙手，掩住了臉。那已是四分之三世紀以前發生的事，他直到現在，講起來仍然掩不住心中的隱痛，可知他當時所忍受的痛苦的煎熬，是如何之甚！我和白素，在他一開始講述之前，他已經告訴了我們，馬金花神秘失蹤了五年，五年之後，神秘失蹤的馬金花又出現了。

卓長根何以在提往事之際，還那麼傷痛？是不是馬金花回來之後，事情又有曲折？

（如果講一個失蹤故事，一開始就說一個神秘失蹤的人五年後又出現，似乎不是很好的講故事手法，因為沒有了「懸疑」，結果早知道了。）

（但是，卓長根不是講故事，他講他自己的經歷。）

（而且，即使卓長根是在講故事，他也是一個高手中的高手，他不去學那些庸手，故意賣什麼關子，弄什麼懸疑，一早就把結果告訴了人，可是聽的人卻仍要聽下去，五年之後怎麼樣了？馬金花再出現之後發生了什麼事？這五年之中，她在何處？）

我當時就是這樣，卓長根突然雙手掩面，停了下來，我心中不知道有多少疑問要問他，偏偏白素又在一旁，連連使眼色，作手勢，叫我不要打擾，急得我搔耳撓腮，坐立不安。

就在這時，白老大提着一大串葡萄，走了進來，看到了卓長根的情形，就「哼」地一聲道：「老傢伙又在想初戀情人了？」

卓長根沒有什麼反應，白素卻努力瞪了她父親一眼。白老大指着白素，笑道：「他的故事之中，最動人的部分，就是那個馬場主在女兒失蹤之後的傷痛。小素，要是當年你忽然失蹤了，我也會那樣。」

白素有點啼笑皆非：「你說到哪裏去了。」

我趁機問道：「馬金花失蹤了五年？她後來又回來了？她到底上哪裏去了？」

白老大「哦」地一聲：「他還沒有講到這一點，小衛，你不覺得，他的故事之中，最奇特的一點是——」

我忙說道：「我只想知道馬金花——」

白老大也打斷了我的話頭：「小衛，別聽他把他的小情人形容得天上有、地下無，他的小情人，那個馬金花，今年已經九十一歲了。」

我想分辯幾句，但是一想，辯也辯不清楚，我確然因為卓長根的叙述，而在關心馬金花的一切。我只好道：「她……當時不是九十一歲。」

白老大向白素作了一個鬼臉：「小素，你說說，最奇特的一點是什麼？」

白素立時道：「是卓老爺子的父親。」

白老大用力一下，拍在桌上：「對啊！他的父親來無影，去無蹤，又有那麼大的本領，小素，你看他像是什麼人？」

白老大在這樣問白素的時候，卻斜着眼向我望來。白素立時道：「倒有點像某喜歡執筆記述一些怪異事件的人筆下的外星人。」

白老大爆出了一陣大笑聲：「什麼有點像，簡直就是。」

他們父女兩人，一搭一擋，這樣調侃我，我除了跟着他們笑，難道老羞成怒不成？不過我還是道：「也不是沒有可能。」

白老大笑道：「當然有可能，他，這老傢伙是外星人和蒙古人的後代，小衛，我記得你記述過一件外星人和地球人結婚生子的故事？」

我有點無可奈何：「是的，記述在《屍變》這個故事之中。」

白老大故意壓低了聲音：「那故事中的那個外星雜種，結果怎麼樣了？」

我苦笑，向卓長根看去，卓長根仍然雙手掩面，一動不動地坐着，我倒真是壓低了聲音：「那個人……知道了自己的身分之後……變成了不可救藥的瘋子。」

白老大又指着卓長根：「可是老傢伙卻一點不瘋，你可以好好以他為研究的對象。」

卓長根在這時，陡地放下手，挺直了身子，叱道：「小白，你放完屁沒有？」

白老大瞪着眼：「我對你說，你那個來歷不明的父親，是外太空來的，你當時想不到，後來你又曾好好去念過一點書，現在應該明白了。」

卓長根原來後來曾「好好去念過一點書」，我知道白老大自己本身，有多個博士的銜頭，他肯說一個人曾「好好念過一點書」，那一定是十分艱苦的一個長時期的求知過程。

卓長根搖頭：「從你第一次向我提出這一點起，我就不相信，但是我還是作了最徹底的檢查，結果是：我的生理構造，完全正常。」

白老大眨着眼：「或許，那外星人的生理構造，本來就和地球人一樣？」

卓長根看來很氣憤，在這種情形下，我根本不便表示什麼意見，白素搖着頭：「爸，你胡扯些什麼，聽老爺子講下去。」

白老大擺着手：「我才不要聽，他那個初戀情人，失蹤了五年，一點也不稀奇，沒有什麼神秘，是叫外星人抓去了。」

卓長根發出了一下悶吼聲，對白老大怒目而視。白老大卻毫不在乎地攤着手。我生恐這兩位老人家之間的友情雖篤，但也難免會在這種情形下起衝突，所以忙道：「還是聽老爺子說下去的好。」

白老大笑着：「老不死，我沒說錯吧，這兩個小娃子，會聽你的故事，哦，對了，他那塊白玉，你們見過了沒有？」

我和白素一起點頭。白老大的神情，也不再那麼胡調，他側着頭：「這塊白玉，是十分奇怪的另一點。那麼質地純正的白玉，古代極其罕見，一有發現，普通人不敢保留，大都是獻給當時的君主，那是宮廷中的東西。」

我道：「就算是屬於當時君主，流傳至今，也沒有什麼特別。」

白老大道：「這塊白玉，我曾經花過一番工夫研究，雕刻在兩千兩百年前完成，大抵是春秋戰國，秦始皇的時代。而且這塊白玉未曾入過土，一直在活人的手中流傳，這一點也相當罕見，一般來說，這樣的美玉，都會陪葬，因為古人相信美玉會使死人的靈魂得到好運。還有，上面刻的是虎形紋，若是君主自己佩戴，不會刻虎形紋，大都刻龍形紋或夔形紋。」

我攤了攤手：「我看不出致力研究這塊白玉，有什麼大作用。」

白老大用手指着自己的右額：「這是我的判斷，小衛，我年紀雖然大，頭腦並沒有退化，我感到，這塊白玉，是一個重要的關鍵。」

我沒有再說什麼，但是心中並不以白老大的話為然。我向白素望了一眼，白素皺着眉在思索。

（後來，事實證明白老大的話，十分有道理，那塊看來和整件事並沒有什麼關連的佩玉，是整件事中的一個重大關鍵。）

白老大伸手，在卓長根的肩頭上拍了一下：「作為外星人和地球人的兒子，也沒有什麼不好。很多說法是，各種天神，就是各類外星人，那麼，你就是天神的兒子。」

卓長根揮着手：「去！去！去！」

白老大舉起雙手，向後退去：「你不覺得自己已經九十三歲了，還那麼壯健，單是這一點，已經和地球人的生理狀況有所不同了麼？」

卓長根「哼」地一聲：「百歲以上的人多的是，有啥稀奇的。」

這時，我的心中，也着實疑惑。

白老大的話，雖然用開玩笑的口吻講出來，但是仔細想想，也未必全無道理。

卓長根的父親，來自外星，在地球生活了十年後又走了，這是一個十分簡單而可以接受的解釋！為什麼他特別擅長養馬？也可以說成是那個星球上的人根本就會養馬。

當我想到這一點時，我不禁苦笑了一下，白素剛才說：「像是某位喜歡執筆……的人筆下的外星人。」這種想法，雖然有可能，但不免太規律化了。

雖然宇宙間的很多事，都脫不了一種或多種規律，但如果可以擺脫，不是更好嗎？白老大指了指桌上的葡萄，作了一個手勢，示意我們嚐一下，他又轉身走了開去。

卓長根望着他的背影，嘆了一聲：「他倒不是開玩笑的，你們看，我爹真會是外星人？」

這個問題，不是十分難以回答，我脫口道：「有可能。」

白素吸了一口氣：「我想，只能說他十分神秘，來歷不明，去向不明，不能說他來自另一個星球。」

卓長根苦笑了一下：「其實我倒無所謂，反正也過去了大半輩子了。」

白素道：「是啊，馬氏牧場那邊，以後又怎樣了？」

卓長根緩緩搖着頭：「時間一年一年過去，誰有馬金花的消息，就可以得到巨額獎金，依然有效，其間也有不少混淆，來胡亂報消息的，我也一律派人去查，可是卻一直沒有結果。」

他講到這裏，頓了一頓才繼續：「一直到五年之後——」

雖然已過了五年，但是牧場上下，人人都沒忘記馬金花的失蹤，到了那一天，牧場的一切活動全都停頓，人人都在沉默之中懷念馬金花。

每年這個日子，卓長根照例騎着小白龍離開牧場，順着當年放馬的路線向前馳。

事情發生的那一天，一切的經過，對卓長根來說，就像是昨天才發生，那天的一切情景，在他心中閃過，從馬群開始奔跑起，當他看到靜止的馬群為止。每次，他在這條路上，都要問上千百遍：「究竟發生了什麼事？究竟發生了什麼事？」

如今，事情雖然過去了五年，小白龍也大了，作為一匹好馬來說，牠已經算是老馬了，可是奔馳起來，還是一樣神駿，不必驅策，就奔馳得極快。

卓長根來到了那片草地上，下了馬，任由小白龍自由自在去啃着青草，他以臂作枕，在柔軟的草地之上，躺了下來，望着藍天白雲。

他的思緒十分紊亂，那時，他已經是青年人了，壯健，能幹，整個馬氏牧場，等於完全由他主持。方圓千里的未嫁姑娘，看到了他，雖然臉紅心跳，但也一定不會逃避他的目光，要讓他好好看清楚，沒有一個姑娘不願意嫁給這個年輕人。生性放誕風流一點的女孩子，甚至公然勾引他，挑逗他。

可是卓長根對所有的女孩子都無動於衷，他心中只有一個人，一個已經消失了的人，馬金花。

這時，他閉上了眼睛，又想起馬金花來。也就在這時候，他突然聽到了一下口哨聲。

那口哨聲十分悅耳動聽，卓長根一聽了，心頭就怦地一跳，還未曾來得及睜開眼，就又聽得小白龍發出了一下歡嘶聲。

這一下，卓長根再也沒有疑問了，那一下口哨聲，自己會幻想出來，小白龍不會，他陡然跳了起來，先跳起來，再睜開眼，他看到小白龍飛快地奔向前，有一個高䠷的女子，長髮飛揚，一身白衣，正飛快地迎向前，人和馬一下子就結合在一起，人到了馬背上，馬歡嘶得更嘹亮，旋風一樣，向前掠去。

卓長根看得再清楚也沒有，他睜大着眼睛，連眨一下眼都不敢，雖然人和馬早已馳了開去，他還是直勾勾地看着。

馬上那姑娘，不是馬金花是誰？

五年不見，她看來身形更高䠷了些，更成熟了些，雖於人馬掠過之際只是一瞥，但是他絕對可以肯定，那是馬金花，那是馬金花！

他不知道自己發了多久呆，小白龍和馬金花，看來已經只剩下一個小白點了，他才陡然發出了一下呼叫聲，拔腳向前奔。

憑人力奔馳，想追上小白龍，那是不可能的事，卓長根不顧一切，向前奔着，叫着，小白龍早已馳得看不見了，他還在向前奔着。

當他奔得胸口因為喘氣而幾乎要炸開來之際，他還在向前奔着。而就在這時，被汗水弄得模糊了的視線之中，那個小白點又出現了。

小白龍馳回來了。

卓長根停了下來，心跳得幾乎離體，他不是因為剛才的奔跑而心跳，而是害怕，害怕小白龍奔回來時，馬金花不在牠的背上。

他不住抹去臉上的汗，好讓視線更明朗。

終於，他看清楚了，人和馬是一起回來的，馬金花還在馬背上。

小白龍去得快，來得也快，一下子就捲到了他身前，馬金花勒住馬，在馬上斜斜向他看來，那麼明麗，那麼嬌美，卓長根張大了口，合不攏來。兩人互望了一會，卓長根才用盡了全身氣力，叫了出來：「金花。」

馬金花也盯着卓長根，她的鼻尖上，有細小的汗珠滲出來，映着陽光，像是極細極細的小珍珠一樣，在閃閃生光。

她並沒有呆了多久，就叫了起來：「長根，是你！」

卓長根在那一剎間，整個人像是虛脱了一樣，搖晃着，一陣目眩，不能控制地向下倒去，在馬上的馬金花發出了一下低呼聲，又叫道：「長根！」

卓長根已經向下倒去，可是馬金花的一下叫喚，又給了他以支持的力量，他手在地上撐着，額上的汗珠，大滴大滴地落下來，他一咬牙，挺直身，又站起，馬金花也下了馬。

卓長根望着她，千言萬語，實在不知從何説起才好，馬金花的神情也像是不知如何才好，隔了好一會，她才道：「小白龍……這些日子來，倒還硬朗。」

卓長根苦澀地笑了一下：「只是難為了馬場主，這五年來，幾乎浸在酒裏。」

馬金花略為偏過了頭去，喃喃地道：「五年了，真的，五年了！」

卓長根踏前一步，又迫切又帶着責備地：「金花，你——」

可是他只講了三個字，馬金花就作了一個手勢，阻止他再叫下去，她抬起頭來，望着遠方。卓長根循她的視線望去，遠處除了連綿的山影之外，並沒有什麼特別值得看的東西。

卓長根耐着性子等着，過了好一會，馬金花才一字一頓，緩緩地道：「別問我，什麼也別問我，問了，我也不會說。」

卓長根陡然道：「你不說怎麼行？這五年來，你究竟去了哪裏？」

卓長根問的第一個問題，是每一個人再見到馬金花之後都想問的。但是馬金花只是淡然一笑：「長根，你是不是又想我們之間不再說話？」

卓長根嚇了一跳，忙道：「不，不，當然不……」

馬金花的聲音變得十分溫柔，在卓長根的記憶中，從來也未曾聽馬金花用這樣的語調說過話：「那麼，你就聽我的話，別再問我任何問題。」

卓長根發着怔，望着馬金花，他在馬金花的臉上，找到了一種成熟、更懂事的神情，她已經長大了：二十一歲的大姑娘。雖然她的性子還是那麼執拗，但是她畢竟長大了。

一時之間，卓長根不知說什麼才好，馬金花卻一直用她溫柔成熟的眼神，在等待卓長根的回答。過了好一會，卓長根才道：「好吧，我不問。我不問，一樣會有人要問，馬場主就一定要問。」

馬金花皺了皺眉：「我也會叫他別問，問來有什麼用？我已經回來了，這最重要！你們究竟想要我回來，還是想弄明白這五年來我去了何處？」

卓長根咽了一下口水，心中充滿了疑惑，可是他真的沒有再問下去，馬金花深深地吸了一口氣：「我們回去吧。只有小白龍？沒有別的馬了？」

卓長根搖着頭，馬金花一翻身上了馬，向卓長根伸出手來。

只有小白龍一匹馬，她邀卓長根一起上馬。卓長根心頭怦怦亂跳，他站在那裏，好一會不動，才身子一聳，也上了馬，騎在馬金花的後面。他的身子前面，登時像是靠近了一個火爐，或者是像是他自己的身子要噴出火來。

馬金花卻若無其事，抖韁策馬，向前馳去，馳出了沒有多遠，就遇上了一群在放牧中的馬，馬金花回頭向卓長根看了一眼，卓長根立時會意，就在小白龍的背上，換到了另一匹馬的背上。

當他們兩人一直向前，遇到馬群和牧馬人，所有的牧馬人，一看到馬金花回來，立時放下了一切，發出近乎哽咽的歡呼聲，一齊跟在後面。

所以，他們馳進馬氏牧場的大柵門，並不是只有馬金花和卓長根兩人，而是已經匯成了一支上百的馬隊。

一進牧場，馬金花和所有人打着招呼，看到她的人都傻了眼，正在洗馬的，把水潑到了自己的身上，正在鋤草的，幾乎沒把自己的手鋤了下來，人人都放下了手頭的事，圍了上來。

整個馬氏牧場，簡直就像是開了鍋的沸水，呼叫聲此起彼落，所有人都毫無目的地狂叫，叫的是什麼，連發出呼叫聲的人自己都不知道。他們只是要表示心中的歡樂，要把五年來的哀痛、屈辱，在狂呼大叫之中，一起發泄。

馬金花和卓長根來到了房舍之前，驚天動地的呼叫聲，早已把馬醉木和他的老手下驚動，兩人扶着馬醉木走了出來。

馬醉木已經有好久沒有見陽光了，他蒼白的皮膚在陽光下顯得可憐的瑟縮，他的雙眼，瞇成了一道縫，躲避着陽光，但是他又竭力想把眼睛睜得大些。他不斷望向左，又望向右，用發顫的聲音問：「金花回來了？金花回來了？」

本來是鐵塔一樣的一條壯漢，這時就像是風中殘燭。

所有人在那一剎間，一起靜了下來，馬金花自馬上躍下，張大了口，可是也發不出聲音，淚水自她眼中，滾滾湧出。

她的腳步有點踉蹌，一下子撲到了她父親的身前，緊緊伏在她父親的身上，叫：「爹，是我，金花！」

馬醉木的身子劇烈發抖，口張老大，可是自他口中噴出來的只是濃烈的酒氣，他一點聲音也發不出，只聽到他由於身子劇烈的顫動，而令得骨節相搓的「格格」聲。

不少人激動地奔向前，大聲叫：「馬場主，是金花姑娘回來了。」

馬醉木直到這時，才像是火山迸發一樣地叫：「金花。」

第四部

五年行蹤成謎

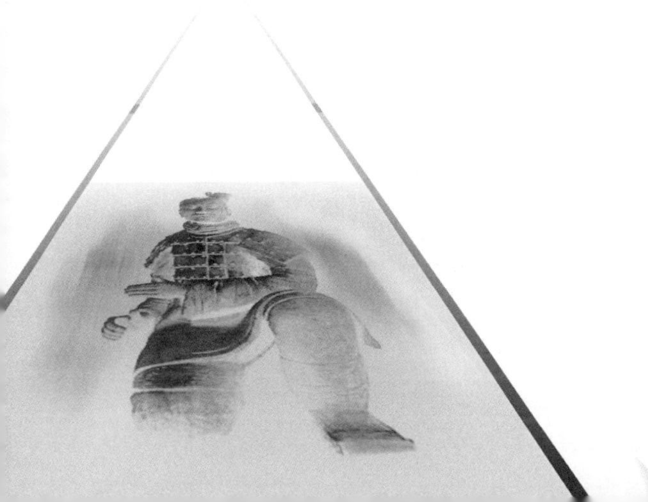

馬金花回來了。

當天晚上，馬醉木已完全恢復了清醒，他雖然看來又瘦又憔悴，但是已經可以身子直挺挺地站着，而且講話的聲音，也依然洪亮，威嚴。

整個馬氏牧場，以及附近和馬氏牧場有聯繫的人，全都聞訊趕來，馬氏牧場的大曠地上，燃起了上百堆火舌竄得比人還高的篝火，一個下午被宰了的牛羊，超過兩百頭，這些牛羊，都被割成兩半，在篝火上烤着，發出令人口水直流的香味，再加上一罈一罈的酒，封泥被敲開之後散發出來的酒香，把上千個人身上的汗味，全都壓了下去，每一個可以趕來的人都趕來了，消息傳得飛快：馬金花回來了。

在馬氏牧場的房舍建築前，團聚着的，是自知身分比較高，和馬氏牧場，或是馬醉木比較接近的人，站得離大門口最近的是卓長根。

馬醉木叫出了馬金花的名字，馬金花扶住了他向內走去，當她跨門檻之時，她轉過身來，向聚集在門口，想跟進去的人說：「各位，我和爹有點話要說，爹的身體看來很弱，各位別來打擾我們。」

馬金花這樣一說，所有想跟進去的人，自然都只有在門外等着，包括卓長根在內。

馬金花和馬醉木進去了，就一直沒有再出來，盛大的慶祝是卓長根和幾個老資格的人商量之後決定的。聚集在曠地上的人愈來愈多，每一個人的心中，都充滿了疑問：這五年來，馬金花到什麼地方去了？

一直到天黑，上弦月升起，馬金花和馬醉木，才又一起走了出來，馬醉木一出現，精神奕奕，所有人全都打心底歡喜。馬醉木一直向前走着，馬金花跟在他的後面，一直來到了人叢中心，馬醉木手高舉起來，用他不知多久未曾發出過的宏亮的聲音宣布：「金花回來了，可是她立刻就要走。」

他講到這裏，頓了一頓，上千人靜得鴉雀無聲，想知道馬金花立刻要走，是到什麼地方去。

這時，十個人之中，有九個人，都認為馬金花又要去的地方，一定就是她在這五年來所在的地方。可是馬醉木接下來所說的話，卻出乎人人的意料之外。

在頓了一頓之後，馬醉木的聲音更宏亮：「金花要去上學堂，到北京城去上學堂。」

一時之間，所有人全呆住了。這些在草原上長大的粗人，和「上學堂」這件事之間的距離，實在太遠，甚至根本在意念上無法聯結起來。

卓長根，一時之間，也弄不清「到北京去上學堂」是什麼意思，眾人錯愕，未會過意來，馬醉木又大聲道：「今天是我們父女重逢的日子，人人都該替我們高興，誰吃少了、喝少了的，誰是狗熊！」

馬醉木這兩句話一說，立時起了一陣呼聲。儘管人人心中都有着疑問，但是粗漢子性格爽直，都覺得馬醉木對女兒回來，如此高興如此滿意，別的事，再問也是多餘的了。

於是，人人抽出小刀來，割着燒熟了的肉，酒從罈子中一大碗一大碗地斟出來，所有的人，都陷進了狂熱的歡欣。

馬醉木來到了躲在陰暗角落，並沒有參與狂歡的卓長根身邊。兩個人都好一會不說話，才由馬醉木先開口：「長根，這幾年，難為你了。」

卓長根的心情一陣激動，可是他盡量使自己的語調聽來平淡：「場主怎麼還對我說這種見外的話？」

馬醉木嘆了一聲：「長根，你一定以為我和金花講了很久，金花過去五年來發生的事，全都告訴我了？」

卓長根沒有回答，只是轉過了頭去，不望馬醉木。馬醉木又嘆了一聲：「長根，沒有，她什麼都沒有對我說，只是叫我不要問，只是說她要上學堂去。」

卓長根轉回頭來，聲音再也掩飾不了他心中的激動：「場主，你……肯不問？」

馬醉木苦笑了一下：「當然不肯，這謎團要是不解開，我死也不甘心，可是她既然這樣說了，你說我是問還是不問？」

卓長根苦笑了一下：「當然……不能再問了。」

馬醉木吁了一口氣，把手按在卓長根的肩上：「這就是了。而且，她回來了，也長大了，看起來很好，這是我五年來的夢想，我還求什麼？唉，真的……沒有什麼再可求的了。她不肯說，一定有她的原因。」

卓長根喃喃地道：「就是想知道什麼原因。」

馬醉木攤了攤手：「去，高高興興地去喝酒，別讓金花以為我們不開心。」

卓長根緩緩點了點頭，向外走去。

當天晚上，他醉得人事不省，第二天，他醒過來，頭痛欲裂，有人告訴他，馬金花已經走了，臨走之前來看過他，要他好好照料小白龍。

馬醉木和幾個老兄弟，親自送馬金花上京，兩個月之後才回來，馬醉木顯得很高興，逢人就說北京大地方的繁華。

馬金花在這次離開了馬氏牧場之後，好像就沒有再回來過。

我忍不住大聲問：「什麼叫好像沒有再回來過？」

卓長根滿是皺紋的臉上，現出了迷惘的神情：「我在幾年之後，也離開了牧場，我不知道在我離開後，她是不是回去過。」

我再問：「你也離開了馬氏牧場？去幹什麼？」

卓長根神氣地一挺腰：「去上學堂。」

我不自覺地眨着眼，卓長根作了一個手勢：「金花說要去上學堂，我根本不知道那是怎麼一回事，可是——可是——」

馬醉木回來之後，才使卓長根知道除了他長大的草原之外，外面還有另外一個截然不同的世界。在那不同的世界裏的人，可能根本不懂怎樣養馬，但是懂得其他很多很多事，馬金花現在就在那另一種世界生活，學她以前不懂的事。

卓長根開始，疑惑着，猶豫着，但每當馬金花有信捎回來，馬醉木得意地告訴他有關馬金花的情形時，卓長根就開始有了打算。

卓長根決定，他也要上學堂，去學一些除了養馬之外的東西。他一下了決心，行動簡直瘋狂，有識字的馬販子一到，就被他纏住了不放，一個字一個字地學着，很快把他帶進了另一個新天地。

而在四年之後，他終於也離開了馬氏牧場。

我知道卓長根後來曾「好好地念了一點書」，但是我卻不知道他學的是什麼，我想了一想，把這個問題提了出來。卓長根的神情，有點忸怩：「開始上學堂，我再也想不到自己可以活得那麼長命，所以急得不得了，見到了什麼都想學，結果是貪多嚼不爛，到現在，一點專長也沒有。」

白素微笑了一下：「老爺子太客氣了，我記得我小時候，爹對我說過，他在念大學的時候，學校裏有一個怪人，年紀比所有的學生都大，念起書來，比所有的學生都拚命，不到兩年，就弄到了一個博士銜頭，這位怪人，多半就是你？」

卓長根咧着嘴，爽朗地笑了起來：「博士不算什麼，我活得比人長命，博士銜頭，也就容易多些。」

我心中實是驚訝不已，但繼而一想，我的驚訝，真沒有道理，算他二十五歲那年開始識字，他今年九十三歲，有將近七十年的時間，只要肯奮發向上，拿多幾個博士，當然有可能。

令我覺得驚訝的主要原因，可能是由於他粗豪的外型，爽直的談吐，看起來絕不像是一般通常所見的博士！

他又有點不好意思地笑了起來：「金花比我好，也不知道她是怎麼打的主意，只攻一門，很有成績。她學的是歷史，對先秦諸子的學術，以及春秋戰國的歷史，乃至秦史，都有十分深刻的研究，她——」

卓長根才講到這裏，我已經不由自主，站了起來：「等一等，你說的是誰？」

卓長根道：「金花。」

我咽下了一口口水：「金花……馬金花？」

卓長根有點不明白地望着我，我苦笑了一下：「她……你剛才提到的那個先秦文化的權威，世所公認的學者，我知道她姓馬，曾在歐洲各個著名的大學中教漢學，現在世上著名的漢學權威，幾乎全是她的學生，或者是她學生的學生，她……這位馬教授的名字，好像是叫馬源，一個很男性化的名字。」

卓長根嫌我太大驚小怪：「那就是金花，後來她嫌自己的名字太俗，改了一個單名，叫馬源。名字有什麼俗不俗的，像我，叫長根，就叫長根，不能因為做了博士，就看不起自己原來的名字。」

卓長根在大發議論，我卻早已傻掉了，和白素互望着，白素的神情，也和我一樣，感到那幾乎是不能理解的一件事。

卓長根一直在敘述的馬金花，就是國際知名的大學者馬源教授。

各位也看過前面，卓長根對馬金花的敘述，怎麼能把這樣一個牧場的女兒，和先秦諸子，和中國古代史，和歐洲的大學，和那麼負盛名的一位大學者聯繫起來呢？

可是，馬金花就是馬源教授，這位學者中的學者，學問淵博得她的學生要形容她時，不知選擇什麼字眼才好，再著名的高等學府，能請她去講一次話，都會當作是校史上的無上殊榮！

過了好半晌，白素才緩緩搖着頭：「當然，幾十年，在一個人的身上，是可以發生很大的變化。」我陡然想起，我在來的時候，在航機上看到的報紙上，有一段消息，這段消息，我在看到的時候，並沒有加以多大的注意，但現在卻非提出來不可。

那消息說，國際漢學家大會，就快在法國里昂舉行，屆時，公認的漢學權威馬源教授，會以九十高齡，應邀在會上講話。

而現在，我們正在法國南部，離里昂並不太遠，卓長根到這裏來，是不是為她？

我愈是想，臉上的神情就愈古怪，白老大在這時又走了進來。

白素道：「爹，原來老爺子講的馬金花，就是馬源教授。」

白老大「呵呵」笑着：「還會是誰？愛情真是偉大，不是馬教授要到法國南部來，你以為憑我釀的酒，會把卓老頭子從他的南美洲王國中拉過來？」

白老大這樣一說，我又再度傻住，指着卓長根——這是一種相當不禮貌的行動，但由於驚訝太甚，所以我也顧不得了：「你……就是那個在南美洲……充滿了傳奇，建立了聯合企業大王國的那位中國人？」

卓長根攤開了大手：「做點小買賣。」

我「嗯」地吸了一口氣，好一個小買賣。這個「小買賣」，至少包括了數以萬畝計的牧場、農場，數以百計的各型工廠，兩家大銀行的一半股份，和不知多少其他行業，牽涉到的資產，至少以千億美金為單位。

我絕不是沒有見過大富翁的人，富翁的財產再多，也很難引起我的驚訝，可是眼前的卓長根，雖然年紀大了，神態外型，看來仍然是一個十分典型的粗獷豪邁的北方牧馬人，誰會想得到，他就是那個連南美洲好幾個國家元首都要看他臉色的大人物。

白老大注意到了我臉上神情的古怪，他用力推了我一下：「小衛，總算不虛此行，見了世面，是不是？嗯？」

我由衷地説道：「真是長了學問。不是到這裏來，怎想得到南美洲的中國皇帝，和漢學上的巨人，都從中國涇渭平原上牧馬出身！」

白素也感嘆地道：「真是再也想不到。卓老爺子，你離開了馬氏牧場之後，難道就未曾見過馬教授？」

卓長根喝了一口酒：「再見到的時候，大家已經是中年人，那時，我也念了點書，金花已經在學問上有了很大的成就，見面時，大家都很歡喜，可是一提到當年的那件事——」

他講到這裏，略停了一停，長嘆了一聲：「一提起那件事，她說的還是那句話：『別問我任何問題。』」

兩人分別那麼多年，再次重逢，身分都不同了。馬金花已經是學術上極有成就的教授，誰也無法把她和在原野上策騎飛馳，一身白衣，帶着剽悍的牧馬人，和土匪血鬥的女豪俠連一起。

卓長根還在做他的超齡學生，他那時在學農牧經濟，他對畜牧學的見地，和發表的幾篇論文，尤其是關於馬匹的配種，培養方面的專論，舉世矚目，世界各地的牧場，軍方的養馬機構，都以能請到他去指點為榮。

卓長根和馬金花在這樣的情形之下重逢，應該有說不完的話了？但是卻並不是如此，兩人只交換了一下馬氏牧場的情形。

由於時局的變換動盪，馬氏牧場早已不再存在，馬醉木逝世，馬氏牧場的那一干老人，也個個凋零，餘下的牧馬人，可能仍然在遼闊的草原上放牧，但馬氏牧場，已經成了一個歷史名詞。

幸而當馬氏牧場全盛時期，販馬的利潤極高，馬金花上北京念書，馬醉木已絡續接受了現代知識，賺來的銀子，從地窖之中，轉到了銀行。

後來馬金花放洋留學，資金也轉到了海外，所以生活上一點也不成問題。

那次，在交談之中，卓長根忽然問：「金花，你年紀不小，該嫁人了吧？」

馬金花一聽，先是怔了一怔，接着，便哈哈大笑了起來：「長根，你連我們究竟多大都不記得了？我已經快五十歲了，嫁人？」

卓長根十分認真：「我看起來，你總像是在小白龍背上的那個小女娃。」

馬金花用力揮了一下手：「過去的，幾十年之前的事了，還提來作甚？」

卓長根鼓足了勇氣：「我倒不覺得我們都老了，你要是肯嫁給我，我高興得做夢也會笑。」

馬金花低下了頭，約莫半分鐘：「不，我不能嫁給你，長根，我已經嫁過一次，不想再嫁了。」

卓長根在幾十年之後，才鼓足了勇氣，向馬金花求婚，他再也想不到馬金花會有這樣的回答。

馬金花拒絕，他不會感到意外，可是馬金花卻說她已經嫁過一次，這真是不可相信的事。卓長根身在馬氏牧場也好，離開了馬氏牧場也好，他無時無刻，不在留意、打聽馬金花的一切。

他知道，馬金花初到北京，後來轉到上海去上學時，不知顛倒了多少人，可是她卻從來沒有對什麼人好過。後來她出了國，放了洋，卓長根得到的消息是，洋人看到了馬金花，更是神魂俱散，有好幾個貴族，甚至王子，都曾追求過她，但是也沒有結果。

卓長根每當聽到馬金花這類消息，心中都會有一種自我安慰式的想法：金花一定還惦記着他，所以才不去理睬任何的追求者。

也正是因為這樣的想法，他才有膽量要馬金花嫁給他。

可是，馬金花卻說：嫁過一次人了。

那是什麼時候的事情？卓長根立刻想到，唯一的可能是她那五年神秘失蹤之間的事。

她在那神秘失蹤的五年之中嫁過人？嫁的是什麼人？她的丈夫在哪裏？為什麼自此之後，再也沒有出現過？種種疑問，霎時之間，一起湧上了他的心頭。

卓長根衝動地問道：「你嫁過人？什麼時候，是在那五年中嫁的人？」

馬金花沉着臉：「長根，不必再問了，不管你怎麼問，我決不回答！」

卓長根想起那天，馬金花在她失蹤的地方，突然又出現的情形，那時，她看來如此容光煥發，那種美麗，不是少女的美麗，只有少婦才會有那樣艷麗的光輝。

他的心情更激動：「一定是。一定是那五年之間的事，你說，是不是？」

馬金花冷笑一聲，沒有回答，卓長根衝動得想抓住馬金花的手臂，把她拉近身來時，才一伸手出去，卻反被馬金花一伸手，就扣住了他的脈門，冷冷地道：「長根，我們現在，和以前不同，你想動粗，門都沒有，要是你這樣，我再也不要見你。」

卓長根怒意未消：「不見就不見，我才不要見你。」

馬金花一鬆手，兩人一起轉過身去。

他們不歡而散。自那次分手之後，世界上又發生了許多巨大的變化，近七十年來，世界上的大變化之多，真是不可勝數。卓長根在第一次世界大戰時，替協約國方面負責培養軍馬，取得了極輝煌的成績。

在第一次世界大戰結束，和第二次世界大戰爆發之前，他去了南美洲，從發展畜牧開始，逐步建立了他的經濟王國。第二次世界大戰未爆發時，日本軍方，千方百計，想請他去替關東軍養馬，都被他拒絕，他一直以南美為基地，在發展他的事業。

卓長根攤大了手掌：「從那次起，到現在，又過了四十多年，我一直沒有再見馬金花。」

我和白素互望了一眼，覺得世界上傳奇性的人再多，真的沒有比卓長根和馬金花兩個人更富傳奇性的了。

這兩個人最傳奇之處，是他們都那麼長命，九十歲以上的老人，世上不是沒有，但是到超過了九十歲，講起來，情感還是那麼濃烈，那真是罕見之至。

白素側着頭，望着卓長根，打趣地道：「老爺子，你年紀也不小了，該成家了吧。」

卓長根一點也不覺得這句話是在打趣他，神情十分嚴肅，認真在思索白素的這個提議。在一旁的白老大，卻笑得打跌：「他才想呢，可是卻說什麼也老不起這張臉來，再去碰一次釘子。」

我聽得白老大這樣說，真是又駭然，又是好笑：「大家全是九十歲以上的老人，如果真能結合，那是古今美談，馬教授怎麼會拒絕？」

卓長根一聽得我這樣說，雙眼立時閃閃生光：「小子，你是說我，還可以再去試一次？要是她又不答應，那怎麼辦？」

我忍不住哈哈大笑了起來：「要是又失敗了，可以再等四十年，第三次——」

我話才講到這裏，白老大已經急叫了起來：「小衛！」

卓長根發出了一下宏亮之極的怒吼聲，一拳向我當胸打來。

我嚇了一大跳，那一拳要是在全無防備的情形之下叫他打中了，肋骨非斷三根不可，我也大叫一聲，身子向後一縮一側，可是卓長根拳出如風，我避得雖然快，「砰」地一聲，還是被他一拳打在我的左肩上。

雖然我在一縮一側之間，已經把他那一拳的力道，卸去了十之七八，可是中拳之後，我左臂還是抬不起來。

我駭然之極，又連退了幾下，白老大已經攔在我和卓長根之間，轉過頭來，對我道：「這個玩笑他開不起，他認真得很。」

我真是啼笑皆非，這一拳算是白捱了，別說我不能還手，就算可以，我估計以自己的武術造詣而論，雖然罕遇敵手，但也未必打得過這個九十三歲，壯健得還像天神一樣的老人。

我緩了一口氣，一面揮動着左臂，一面連聲道：「對不起，我只是喜歡開玩笑，不是故意的。」

卓長根還是氣呼呼望着我，白老大做了一個手勢：「老卓，你幾次求我替你去做媒，老實說，要是碰了釘子，我老臉也不見光采，這兩個小娃子，腦筋靈活，要是讓他們去試試，只怕大有希望。」白老大說得十分認真，我要不是剛才捱了一拳，這時不笑得滿地亂滾才怪，可是叫我忍住笑，還真是辛苦，幾乎連雙眼都鼓了出來。

白素狠狠瞪了我一眼：「老爺子，如果馬教授肯見我們，我們一定盡力。」

卓長根本來一臉怒意，在白老大說了之後，他已經心平氣和，這時，再一聽得白素這樣說，簡直眉開眼笑，不斷搓着手：「那太謝謝了，要是成功，你們要什麼謝媒，統統沒問題。」

白素吐了吐舌頭——我和白素甚至都不能說是年輕了，在很多場合之下，我們都是權威人物，可是在卓長根面前，心理上都變成覺得自己是小孩子：「可不敢擔保一定成。」

卓長根倒居然很明理：「哪有逼媒人說媒一定成的道理，你們只管去試試。」

我真是又好氣又好笑：「要是馬教授也和老爺子一樣，脾氣還是那麼火爆，只怕我去一說媒，就叫她照老規矩，割一隻耳朵趕出來。」

卓長根望向我：「怎麼，捱了一拳，生氣了？」

他說着，疾伸手，在自己胸口，「砰砰砰」連打了三拳，連眉都不皺一下：「算是你打還我了。」

我給他的舉動，弄得不知所措，但是我總算明白了一點：這個人，決不能把他當作一個九十三歲的老人來看待的，連六十三歲也不能，就把他當作同年齡的人好了，年齡在他的身上，除了外形上的改變，起不到任何別的作用。

我笑着，看他還想再打自己，連忙作出十分滿意的神情來：「好，我們之間，再也沒有什麼了。」

他十分高興，咧着嘴笑。給「做媒」的事一鬧，我心中很多疑問，都沒提出來，這時，大家又重新坐了下來，我道：「要我們來，當然不是為了要我們做媒。老爺子，你說你心中有謎團——」

卓長根點頭：「是的。」

我道：「兩個謎團，一個是令尊自何而來，又到何處去了？」

卓長根道：「是啊，第二個謎團是，金花在那五年之中，究竟在什麼地方，是不是嫁過人，小白說，你神通廣大，再怪的怪事都見過，所以要叫你來琢磨琢磨，看看能不能解得開。」

我心中不禁有點埋怨白老大。卓長根十分有趣，可是這兩個謎團，我怎麼有能力解得開？把這種事放在我身上，我神通再廣大，也無法應付。

我心中在想，如何可以把這件事推掉，白素已開了口：「老爺子，令尊的事，比較難弄清楚，馬教授還健在，只要她肯說，謎就解開了。」

卓長根悶哼一聲：「只要她肯說？叫一匹馬開口說人話，只怕更容易。」

白素側着頭，想了一會：「我盡量去試試。馬教授會在里昂，我先去見她。」

我忙道：「是啊，如何應付一個老太太，不是我的專長。」

白素笑道：「你在這裏，和老爺子琢磨一下他父親的事情。」

我苦笑了一下，但隨即想到，這很容易，隨便作出幾個設想就可以了。雖然我也很想去見一見那位傳奇人物馬金花，可是一想到要做媒，又要去問及她極不願提起的事，碰釘子的可能多於一切，還是先讓白素去試試的好。

所以，我一面伸了一個懶腰，一面道：「好的，你準備什麼時候走？」

白素道：「事不宜遲，明天一早我就出發。」

白素說「事不宜遲」，當然無心，看卓長根的神情，也全然未曾在意。可是我聽了之後，卻忍不住想：真的事不宜遲。

兩個人都超過九十歲，生命可以隨時結束。要是馬金花突然去世，那麼，當年她失蹤的那段秘密，就成為永遠的秘密了。

我再伸了一個懶腰：「祝你成功。」

白老大看我連伸了兩個懶腰：「你們是不是要先休息一下？」

卓長根卻道：「年輕小伙子，哪有那麼容易累的，趁小女娃也在，看她的主意挺多，先來琢磨我爹的事。」

我搖頭：「這件事，真是無可追究，當時當地，都一點線索也找不出來，何況如今，事過境遷。」

我這樣說，再實在也沒有。試想，當年馬氏牧場的人，花了多少時間，派了多少人去查，尚且沒有下文，我們如今，在近八十年之後，和中國的涇渭平原相隔十萬八千里的法國南部，怎會「琢磨」得出什麼名堂來？

白素卻道：「就當是閒談好了。」

我把身子盡量靠向椅背：「外星人的說法，卓老爺子又不肯接受。」

卓長根搖頭：「不是我不肯接受，而是太虛無，我好好的一個人，怎麼會是太空雜種？」

我攤了攤手：「那就只好說，令尊是一個十分神秘的人物。」

白素皺着眉，她倒真是在認真考慮，過了一會，她才道：「我在想，在中國，青海、西康那一帶，有一些行蹤十分詭秘的遊牧民族——」

她才說到這裏，我已經知道她要說些什麼了，我精神為之一振，立時坐直了身子。白素向白老大望去，白老大點點頭：「是，有幾個部落，我年輕時，曾冒着極大的危險，去和他們打過交道，這些部落，大都在十分隱秘的山區居住，把他們居住的地方，當作世外桃源。我到過一個這樣部落的住所，藏在天山中，不知要經過多少曲折的山路，才能到達那一個小山谷。」

我插了一句口：「不過這種部落，大多數是人數很少的藏人、彝人，或者是維吾爾人，很少有漢人。」

白老大向卓長根一指道：「你怎麼能肯定他血統中的另一半是漢人？」

那倒真是不能，卓長根的血統，一半來自他的母親，是蒙古人，另一半，是漢人，是藏人，真的很難斷定。

而白素提及過的那種神秘的小部落，通常都有着極其嚴格的部落規矩，比起一些秘密會社來，有過之而無不及。例如絕對不能私自離開部落，不能和外人交往，不能泄露部落的秘密等等。要是觸犯了部落的規條，必然會受到極其嚴厲的懲罰。

卓長根的父親，有沒有可能是從這樣的一種神秘部落中逃出來的呢？

我和白老大在聽了白素的話之後，思路一樣，所以我們幾乎同時道：「不對——」

白老大說了兩個字，示意我先說，我道：「不對，卓大叔被人發現時，講的是陝甘方言，沒有理由從老遠的秘密部落來。」

白老大道：「是，而且他在出現之前，沒到過任何地方！」

卓長根嘆了一聲：「當時，追究他自何而來，只追查到他那次出現為止，在那以前，好像誰也沒有見過他。當然，也可能，他自遠處來，誰又會記得一個過路的人客，他又不是有三顆腦袋，他身量雖然高一點，但是在北方，高個子也有的是。」

我揮了一下手：「還是別研究他從哪裏來，看看他到哪裏去了，才是辦法。」

我說着，望向卓長根：「他帶着你，和那一百匹好馬，到馬氏牧場去之前，難道沒有說過什麼，你好好想一想，或許有些不注意的話，你當時年紀小，聽過就忘了，卻是有暗示作用的？」

這時，叫一個九十三歲的老人，去回想他九歲時候的事，實在太遲了。可是卓長根卻立時道：「你以為我沒有想過？自從爹不見了，我把他對我講過的每一句話，都在心裏翻來覆去，想了不知多少遍，他真的什麼也沒對我說，只對我說，他非死不可，叫我千萬別去找他。」

我苦笑了一下，卓長根又道：「後來我還回想他當時的神情，一個人要是非死不可，當然會十分哀痛。可是他，只是為我擔心，因為那時我還小，反倒不為他自己生死擔心。有時，提起已死的母親，反倒傷心得多。」

白老大大聲道：「算了，這個謎團解不開了，誰叫你當時不問清楚。」

卓長根黯然：「我問有什麼用，他要肯說才好，算了，不提這個了。」

卓長根性格極爽氣，他說不提，果然絕口不提。由於他年紀大，生活又如此多姿多彩，幾乎什麼事情都經歷過，所以和他閒談，絕不會覺得悶。

一直到天黑，吃了一餐豐富的晚餐，又談了好一會，才各自休息。

我躺下來，問白素：「你有什麼錦囊妙計？」

白素笑道：「沒有，不過是見機行事而已。」

她現出一副悠然神往的神情：「一宗持續了將近一世紀的愛情，真是動人得很。」

我打了一個呵欠：「那是他們一直沒有在一起，若是早早成了夫妻，只怕架也不知打了幾千百回了。」

白素笑了一下：「那位馬教授的照片，我倒見過幾次，看起來，絕不像是卓老爺子口中那樣。」

我又打了一個呵欠：「情人眼裏出西施，是他初戀情人，形容起來，略帶誇張，在所難免。」

白素也沒有再説什麼。

第二天一早，我還在睡，矇矓之中，白素推醒了我，我一看她已衣着整齊，連忙坐了起來。她道：「你管你睡，我出發了。」

我點了點頭，她轉身走了出去，我剛準備倒下去再睡，門已被大力推開，卓長根走了進來，扯着大嗓門：「還睡？來，咱們騎馬去。」

看他站在我牀前，那種精神奕奕的樣子，我再想睡，也不好意思再睡下去。我一挺身，從牀上跳了起來。卓長根一副躍躍欲試的樣子，忽然又改了主意：「別去騎馬了，好久沒遇到對手了，我們來玩幾路拳腳。」

我只好望着他笑，點頭答應，誰知道這老傢伙，説來就來，我才一點頭，他已經一拳照臉打了過來。

我連忙身子向後一翻，翻過了牀，避開了他的那一拳，他一躍而起，人在半空，腳已踢出。

他一上來就佔了上風，我只好連連退避，三招一過，我已被他逼得從窗中逃了出去。

他呵呵大笑，立時也從窗中竄了出來。

我逃出窗，身子側了一側，把他緊逼的勢子找了回來，他才一出來，我大聲呼喝，向他展開了一輪急攻。卓長根興致大發，也大聲酣呼，跳躍如飛。

我們兩人，自屋中一直打出去，打到外面的空地上，把所有的人看得目定口呆，有兩個身形高大的法國人，不知道我們是在「過招」，還以為我們真在打架，上來想把我們兩人分開來。

我和卓長根同聲呼喝，要他們走開，可是已經來不及了，這兩個人一片好心，可是不自量力，我和卓長根在傾全力過招，他們怎麼插得進手來？兩個人才一接近，就大聲驚叫着，向外直跌了出去，趴在地上，半晌都起不了身。

白老大已被驚動，他奔了出來，一面叫道：「沒事，沒事，他們是在鬧着玩。」他扶起了那兩個人，在他們身上拍打推拿着，那兩個人直到這時，才哇呀叫起痛來。

白老大在一旁看了一會，興致勃發，雙手一拍，也加入了戰團。

這一下，真是熱鬧非凡，三個人毫無目的地打，有時各自為政，有時兩個合起來對付一個，圍觀的人愈來愈多，也愈來愈遠，誰也不敢接近。足足練了將近一小時，三個人才不約而同，各自大喝一聲，一齊躍退開去。

白老大大聲道：「好傢伙，老不死，你身體好硬朗。」

卓長根咯咯笑着：「老骨頭還結實，嗯？」

白老大後參加，停手之後，也不由自主在喘氣，我也在喘氣，可是看卓長根時，他卻全然若無其事，當真是臉不紅，氣不喘，除了光禿的頭頂，看來發亮之外，根本看不出他剛才曾經經過這樣激烈的運動。

像他這樣的年齡，身體狀況還如此之好，這簡直違反生理自然！

我忽然想起賈玉珍，這個已成了「神仙」的人，由於服食了一些「仙丹」，返老還童，愈來愈年輕。卓長根是不是也曾服食過什麼對健康特別有用的東西呢？

一想到這裏，我脱口道：「卓老爺子，你是不是吃野生人參長大的？」

卓長根怔了一怔：「小娃子胡說什麼，我天生就那麼壯健。」

白老大調勻了氣息，才道：「你和他說什麼，他是外星人的種，自然比正常人健康。」

卓長根的神情有點慍怒。我知道他們兩個人是開慣了玩笑的，可是在那一剎間，我心中一動。我想到的是，卓長根的健康狀況和他的年齡如此不相稱，其中一定有特別原因。

原因是什麼，不知道，但一定有原因！

第五部

嚴守秘密一言不發

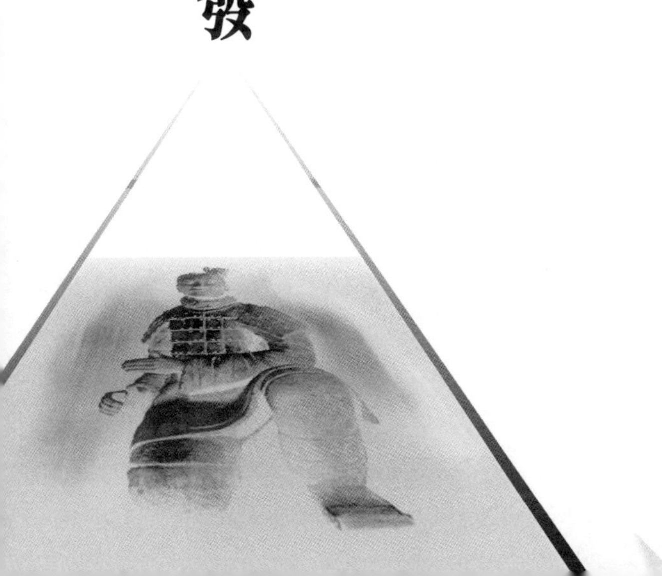

我這樣想，不由自主，盯着卓長根看，卓長根罵了一句：「翁婿兩人，狼狽為奸。」

我叫起來：「我又沒說什麼。」

卓長根一擺手，大踏步向外走了開去：「你看人的眼光，不懷好意。」

我笑着，在他身後大聲叫：「這真是欲加之罪了。」

卓長根不再理我，逕自向外走了出去，走向一個馬廄。他還未曾走近，馬廄中的馬，已經匹匹歡嘶起來。白老大來到了我的身邊：「平時，你對外星人十分容易接受，為什麼這次，我一再說他的父親是外星人，你一再拒絕接受？」

白老大這幾句話，說得十分認真，一點也不像在開玩笑。

我想了一想：「不是完全不接受，但是我總覺得，他父親如果是外星人，應該還有別的能力，不會只是識得牧養馬匹。」

白老大指着我，笑着：「是你自己說的，外星人各種各樣，無奇不有，又焉知沒有一種專會養馬的外星人？」

白老大有點強詞奪理，我道：「那麼，他用什麼交通工具來的？在他出現前後，好像從沒有看見有什麼異様物體，自天而降。」

白老大一本正經地眨着眼：「一艘隱形的太空船？」

我被他的話逗得笑了起來，白老大攤開手：「好了，你有什麼別的解釋？」

我道：「一點頭緒也沒有，總有古怪。他父親不知從何而來，不知往何而去，我看，和馬金花的神秘失蹤，有某種程度的聯繫。」

白老大陡然一揮手：「進入了另一個空間！他父親是從另一空間來的，回去了，馬金花進去過，又出來了！」

我微笑着，白老大和我雖然不常見面，但是他對我記述的一切，倒是滾瓜爛熟，我記述過的一些事，他都可以順口引用出來。

我道：「他父親看是來自另一空間，那另一空間中生活難道用同一語言，也養馬？喜愛白玉的佩飾？」

白老大笑了起來：「由得你去解這個謎團吧，他父親不來自別的星球，不來自另一個空間，難道從地底下冒出來的？」

這時，我自然未曾將白老大的玩笑話放在心上，一直到日後，再談起來，白老大自己拍着胸口：「我說如何？山人掐指一算，早就算到了。」

我當時道：「我看馬金花如果能說出她的經歷，對我們的解謎就很有幫助。」

白老大有點感慨：「是啊，年紀大了，有什麼話要說，就得趕快說，不然，人一死，什麼話也不能說了，我近來，也很有寫回憶錄的意思。」

此時不投外父之所好，更待何時？我忙道：「真是，你的一生，寫起回憶錄來，太多姿多彩了。」

千穿萬穿，馬屁不穿，白老大一副自得的樣子：「可以計劃一下。」

他一面說，一面向我望來，我忙道：「我可以替你找一個人，你講，他寫。」

我唯恐他把寫自傳的責任，放在我的身上，所以才這樣說，平心而論，白老大的一生，的確多姿多彩，他壯年時，身為七幫十八會的大龍頭，可以說是中國自有秘密幫會以來，地位最高的一個，當然有許多精采的事蹟可供記述，但是我生性好動，若是留在他身邊一年半載，那就苦不堪言了。

白老大笑了一下：「不急，不急。」

我想起了一個需要立時解決的問題：「你這裏沒有電話，白素要和我們聯絡的話——」

白老大打斷了我的話頭：「放心，里昂離這裏又不是太遠，照我看，小素如果有辦法，她就能把馬金花請到這裏來。」

白老大對白素的能力很有信心，我想了一想，也覺得如果能把馬金花請來，那真是再好也沒有了。可是，到了傍晚時分，白素人沒有回來，卻來了一封十萬火急的電報：「衛，速與卓老爺子齊來里昂，遲恐不及，馬教授中風，現在里昂第一療養院。素」

電報送到我手中時，天色已漸漸黑了下來，又花了二十分鐘，把卓長根從溜馬的地方找了回來，卓長根一看就發了毛。他真的急了，竟然對白老大道：「小白，那怎麼辦，你這裏又沒有什麼快馬。」

我自然笑不出來，白老大一時之間，還不明白是什麼意思，我已經道：「卓老爺子，你放心，我駕車，保證最快到。」

卓長根用力拍着他的光腦袋：「是。是。我真是糊塗了，再快的馬，哪有車快！」

講了這兩句話之後，半分鐘也沒有耽擱，我們就奔向車子。車子小，卓長根的身形高大，司機旁的座位已盡量推向後，可是看起來，卓長根高大的身軀，仍然不像是坐，而是堆在座位上。

卓長根也不理會舒不舒服，一疊聲催着：「快！快！」

我也想快一點到里昂，所以一路上，將車子駛得飛快。在可以看到里昂市的指標之際，還未到午夜時分。

卓長根也不禁喟嘆：「時代真是不同了，再快的馬，也得天亮才能到。」

我倒不擔心馬快還是車子快，只是擔心馬金花，她的病況，一定十分嚴重。一個九十一歲的老人，本來就是風燭殘年，像卓長根那樣，是極其罕見的例外。中風之後，言語機能有沒有障礙？是不是還能把當年的那一段秘密說出來？

如果她不能說話，那麼，是不是能用其他方式來表達？

我想的全是這些問題，卓長根不住不安地轉動着身子，變換坐的姿勢，只要他一動，車子就會震動一下。

等到車子進了里昂市區，我對街道不是很熟，問了警察，開始問到的幾個，根本不知道「里昂第一療養院」在什麼地方，後來問到了一個年紀較大的警官，才道：「哦，里昂第一療養院，那是有錢人休養的地方，在西區，向西駛，再去問別人。」

法國警察那種對外地人的愛理不理作風，真叫人生氣，如果換了問路的是白素，那只怕得到的待遇，就大不相同，可能有警車開路都說不定。

駕着車向西駛，又駛出了市區，才算是問明白了，那是一家小規模的私人療養院，車子停在門口，向內看去，是一個樹木十分茂盛的大花園，黑暗之中，也看不到療養院的建築物。

我和卓長根下了車，奔向大鐵門，我已經準備好了，如果沒有人來開門，我就和卓長根一起攀門進去。我們才一奔到門前，一陣犬吠聲傳來，兩個壯漢，每人拖着兩條大狼狗，向大鐵門直奔了過來。

狼狗的來勢極勁，一來到大鐵門前，人立了起來，狺狺而吠，樣子十分兇惡。

那兩個大漢跟到了門口，事情倒比我想像中順利得多，其中一個立時道：「衛先生？衛太太正在等你。」

我吁了一口氣：「請你開門。」

那兩個大漢一面喝叱着狼狗，一面打開了鐵門，我和卓長根又進了車子，從打開的大門之中，直駛了進去。

這個療養院，以前一定不知是什麼王公貴族的巨宅，花園相當大，林木蒼翠欲滴，還有幾個極大的花圃，和石雕像、噴泉。

等到可以看到那幢巨大的舊式洋房之際，一個穿着制服的人奔了過來，阻住了車子：「請盡量別發出聲響，病人都睡了。」

我和卓長根下了車，在那個人的帶引之下，進了建築物，上了樓梯，經過了走廊，一轉彎，我就看到白素，站在一間房間的門口。

她招手令我們過去，卓長根一路上心急如焚，可是到了這時候，他卻躊躇起來。我在他耳邊低聲道：「快點，遲了，可能再也見不着了。」

卓長根深深吸了一口氣，才把腳步放大了些。白素輕輕推開房門。

那是一間十分大的房間，佈置也全是舊式的，燈光柔和，我一步跨了進去，就看到了傳奇人物馬金花。

在一張大牀上，半躺着一個老婦人，她即使是半躺着，也給人以身形十分高大之感。可是，若是把她和卓長根形容中的馬金花比較，那一定大失所望。歲月不饒人，七十多年過去了，每一年，每一月，每一天，時間都在人的身上，留下痕迹。

這時的馬金花，只是一個一動不動半躺在牀上的老婦人。在屋子的一個角落，有兩個護士。半躺在牀上的馬金花，看來像是睡着了，雙手安詳地放在胸口。

卓長根來到了牀前，望着牀上的馬金花，雙眼之中，淚光閃閃。口角抽搐着，喉際發出一陣激動的「咯咯」聲。

看卓長根的情形，彷彿他仍然是二十歲，而牀上的馬金花，依然是十八歲！他心中的激情，顯然未曾因為歲月的飛逝而消退。

我要開口，白素在我身邊，捏了一下我的手，示意我別出聲。卓長根掙扎了好一會，才掙扎出了兩個字來：「金花。」

牀上的老婦人震動了一下，睜開眼來。

她看來雖然老邁之極，但是雙眼卻還相當有神。我悄聲問白素：「中風？」

白素也悄聲道：「不算太嚴重，下半身癱瘓了，頭腦還極清醒。」

我吁了一口氣，向白素作了一個詢問的手勢，問她馬金花是不是講了什麼，白素搖了搖頭。

馬金花盯着卓長根看了一會，開始時，神情十分疑惑，但隨即，變成了一副忍不住好笑的神情，卓長根在那一剎間，神情也變得忸怩，有點不好意思地伸手按住了自己的禿頂。

馬金花並沒有笑出來，她嘆了一聲：「長根，我們都老了。」

卓長根忙道：「老什麼，老也不要緊。」

他一開口，嗓門極大，別說那兩個護士，連我和白素，都嚇了一大跳，兩個護士一起向卓長根打手勢，要他別那麼大聲。

馬金花在這時，忽然講了一句我和白素都不是很明白的話：「長根，你自然不要緊，我……是不行了，油盡燈枯，人總有這一天的。你想想，要是我知道你會來，我才不讓你來看我。」

卓長根有點惶恐：「為什麼，你還是不想見我？」

馬金花道：「是我不想讓你見，你瞧瞧，我現在這樣，算什麼？」

卓長根道：「還是你。」

我插了一句口：「兩位別只管說閒話了，我看——」

卓長根瞪了我一眼，馬金花也向我望來：「你就是衛斯理？」

我點了點頭，馬金花忽然笑了起來，當她笑的時候，她滿是皺紋的臉上，現出一種十分頑皮的神情。這種神情，使我自然而然想起，她六歲那年，一口氣喝了一大碗白乾而醉倒的情形，我也不由自主，笑了起來。

馬金花一瞪眼：「笑什麼，你們小倆口倒是一對，你們來幹什麼？」

我向白素望了一眼，白素攤了攤手，表示她什麼都來不及說，我單刀直入：「兩件事，一件事，是替你說媒來了，你和卓老爺子，才是一對。」

馬金花一聽，先是一怔，但接着，卻「哈哈」大笑了起來。

她的笑聲十分響亮，剎那之間，那兩個護士，簡直手足無措，卓長根有點惱，責怪似地望着馬金花。

馬金花搖着頭：「遲了兩天。我要是還沒有癱，就和和稀泥吧，現在，我可不能拖累他。」

卓長根急得連連頓腳，看了他們這種情形，我只覺得好笑。

馬金花揚起手來，卓長根一下子握住了她的手，馬金花嘆了一聲，又問我道：「小伙子，我聽說過你，你第二件事別提了，提了也是白提。」

白素在一旁幫腔：「教授，你怎麼知道我們第二件事是什麼？」

馬金花自負地笑了一下：「當然知道，你們和他在一起，當然聽他講了我不少閒話，你們想問什麼，我還有不知道的麼？」

她說到這裏，頓了一頓，眼望向天花板，像是陷入了沉思之中。

過了好一會，她才道：「長根，你留在這裏陪陪我，小兩口子自己找地方親熱去吧。」

這位國學大師，滿腹經綸，學問之好，絕不會有人加以任何懷疑，可是這時，她出言豪爽，一口陝甘口音，也未見有多大的改變，很有點當年的風範。

我一聽她要趕我們走，不禁有點發急：「這可不行，過了橋，就不理我們了？」

馬金花「啐」地一聲：「少油嘴滑舌，說到什麼地方去了，快走，我有話對長根說。」

她這句話，比什麼都有用，卓長根這老頭子立時衝我和白素一瞪眼：「怎麼，想我把你們摔出去？」

我和白素，相視駭然，事情忽然會變到這一地步，真是做夢也想不到。我們只好點頭，退出了那間房間，到了走廊一端的一間休息室中。

坐下之後，我嘆了一聲：「真倒霉，不知道她要對他說什麼？」

白素倒心平氣和：「他們幾十年不見了，總有點話要說。」

我瞪了白素一下：「不是我們替他壯膽，這老頭子膽子再大，也不敢去見他的初戀情人。」

白素一點也不理會我的埋怨，自顧自十分嚮往地道：「卓老爺子的這份情意，倒真有點迴腸蕩氣，那麼多年了，一點沒變。」

我悶哼一聲：「世界上的男人，要是全像他，那才夠瞧了，我喜歡相愛的人在一起，打開頭也好。」

白素似笑非笑，望了我一眼，不再說什麼。我打了一個呵欠，不耐煩地說道：「我們要等到什麼時候？」

白素嘆氣：「早知道你這樣不耐煩，我只叫卓老爺子一個人來好了。」

我不想和她爭論，在休息室中走來走去，又走出休息室去，張望了幾次。

整座建築物靜到了極點，走廊之中，不時有一些護士在走來走去，但由於鋪着極厚的地毯，她們的腳步又輕，來來去去，一點聲音也沒有。

我等了足有半小時，心想卓長根該出來了，可是還是一點聲息也沒有，我只好再回到休息室，在一張長沙發上躺下來。

正當我閉目養神，快矇矓睡去時，一陣驚人的喧嘩聲，突然爆發。

由於本來是如此之靜，所以那種驚人的吵鬧聲傳來，十分駭人，我立時驚起，一躍而出，白素已先我奔出了休息室。

我們才一出休息室，就看到幾個護士，慌慌張張奔了過來，另外有幾個工作人員，則慌張地奔向前去，我只聽得所有的喧鬧聲，原來全是一個人發出來的，那個人在扯着嗓子直叫：「醫生！醫生！醫生快來，他奶奶的，醫生怎麼還不來？」

這時，所有有人住的房間，門都打開，病人都探出頭來，神情有的驚訝，有的厭惡。

在高聲大叫的，自然是卓長根，一個人大聲叫喊，竟可以把那麼大的一幢房子，弄得如此天下大亂，真有點匪夷所思。

我和白素一出了休息室，一刻也沒有停過，就向前疾奔，一下子就看到了卓長根。

卓長根整個人像是瘋了，不但在叫着，而且，還在拳打腳踢，有時打在門上，有時踢在牆上，發出乒乒乓乓轟隆的聲響，那兩個護士縮在一角，動都不敢動。我加緊趕過去，也叫着：「老爺子，你幹什麼？」

卓長根一伸手，就抓住了我的手臂，他用的力道是如此之重，我立時運氣相抗，手臂還痛得可以，若是普通人，只怕一下就被他拗斷了臂骨。

他抓住了我之後，叫：「醫生！醫生！金花她……她……醫生……」

這間療養院的服務十分好，我已經看到兩個醫生奔了過來，但由於卓長根兇神惡煞一樣堵在門口，兩個醫生都不敢過來。

我忍住了手臂上的疼痛，用力一拉卓長根，向那兩個醫生道：「病人可能有變化，請快去檢查。」

卓長根被我扯到了一邊，那兩個醫生側着身子，急急走進了房間。白素一面在走過來時，一面對打開房門在探頭的人柔聲道：「請別驚慌，對不起，吵了各位休息。」

她的法文發音標準，聲音又動聽，本來臉帶厭惡神色的一些人，也都向她微笑點頭。

兩個醫生進了病房，替馬金花在進行急救，馬金花看來昏了過去。工作人員又推着許多醫療儀器進來，忙碌着。

一個醫生轉過頭來，神情非常惱怒，指着卓長根：「你，你明知病人的情況不是很好，怎麼還不住和她說話？你令她受了什麼刺激？」

卓長根的神情，全然像是一個受了冤屈的小孩子，一咧嘴，哭了起來：「我沒說什麼，我只是說……她說的話，我一句也不相信。」

我和白素不由自主，互望了一眼。馬金花對卓長根，說了些什麼呢？

那醫生「哼」地一聲，卓長根又帶着哭音道：「她說……我不相信，可以自己去看……我說我還是不相信，她就生了氣，突然之間，話講不出來，人昏了過去，我……」

他講到這裏，索性放聲大哭起來，一面哭，一面叫着：「金花，你可得醒來，你可得醒來。」

白素和我在他的身邊，一時之間，真不知道如何勸他才好。

他事業成功，一生之中，經歷之豐富，只怕世界上罕有人能及，卻哭得像一個小孩子，我只好不住地拍着他抽搐的背部。

突然之間，他哭聲停止，雙眼瞪着，淚水自他睜大的眼睛中，直湧出來，情景看來十分奇特。

我也陡地吸了一口氣，身子震動了一下，因為在這時，我們都看到，一個醫生把白牀單拉起，拉過了馬金花的頭部，然後，輕輕蓋了下來。

任何人都可以知道這個動作是什麼意思：馬金花死了。

卓長根陡然叫：「你在幹什麼？」

那醫生的聲調，帶着職業性的平靜：「她的心臟停止了跳動。」

卓長根雙臂一撐，撐開了我和白素，一步跨到了牀前，我怕他胡來，連忙跟了上去，他一伸手，就把馬金花的手抓了過來，用自己的兩雙大手，緊緊地握着。

他雖然僵立着，可是身子在劇烈發着抖。我一直守在他的身邊。過了好一會，他才用十分嘶啞的聲音道：「金花，你別怪我——」

他講到這裏，頓了一頓，又道：「你對我講的話，我還是不相信，不過我一定會自己去看。」

我實在忍不住，想要問，可是知夫莫若妻，我才一開口，還沒出聲，白素已重重碰了我一下，暗示現在這種情形之下，不是追問問題的好時刻。所以，我沒有問出聲來。本來，我想問的問題是：「她究竟對你說了一些什麼？」

如果卓長根肯回答的話，我想三兩句話，也可以摘要地告訴我了。

我沒有出聲，卓長根仍然劇烈地發着抖，好一會，他才轉過頭來，望着我，滿是皺紋的臉上，淚水縱橫：「她的手……愈來愈冷了！」

我只好嘆了一聲：「人總是要去的，老爺子。」

他沒有再說什麼，緩緩揚起頭來，望着天花板。淚水一直流到他滿是皺紋的脖子上。

卓長根一直握着馬金花的手，誰勸他都不肯放，一直到天亮，他才發出了傷心欲絕的一下悲嘆聲，鬆開了手。

他鬆開了手，醫院中人都鬆了一口氣。

在移動馬金花的屍體時，卓長根一直跟在旁邊。我抽空問一個醫生：「死因是——」

醫生道：「死者已經超過九十歲，而且又在中風之後，就算是極其妥善的休養，也不知道可以拖多少日子，何況是劇烈的爭吵。」

我怔了一怔：「爭吵？誰和死者爭吵？」

醫生悶哼了一聲：「就是那個東方科學怪人。」

我又呆了一下，才知道卓長根在他們的眼中，是「東方科學怪人」。我苦笑了一下：「他們爭吵？吵些什麼？」

醫生招手，令兩個護士走過來：「我也不知道，當時只有她們兩人在場，她們曾多次警告，請兩人不要吵下去，可是兩個人一個也不肯聽。」

我忙問護士：「他們吵什麼？」

一個護士道：「你和你太太走了，他們就開始講話，開始的時候，聲音都很低，講話的聲調也很溫柔，像是一對情侶在喁喁細語。」

我道：「他們本來就是一對情侶。」

兩個護士都現出十分古怪的神情，那自然是卓長根和馬金花的年齡，離一般人所了解的「情侶」，距離太遠了。

其實，情侶沒有年齡限制，只要有情意，一百歲的男女可以是情侶，沒有情意，十八廿二又怎樣？

這時，我當然懶得和那兩個護士提及這些，我只是問：「後來呢？」

護士道：「他們好好地說着話，不知怎麼，忽然吵了起來，愈吵愈兇，阻也阻不住，病人一下可能受不了刺激，就……再度中風了。」

我沉聲問：「他們為什麼吵？」

兩個護士一起向我翻白眼：「我們怎麼聽得懂，你該去問那個東方科學怪人。」我苦笑了一下，是的，卓長根和馬金花，用中國陝甘地區的方言交談，法國女護士，當然聽不懂，我真是笨，應該去問卓長根才是。

馬金花的喪禮，十分風光，她的幾代學生，從世界各地趕來參加喪禮，參加漢學會議的學者，人人都默立致哀。她的律師也老遠趕了來，在喪禮上宣布：「馬女士的遺囑，早就在我這裏，她吩咐過，她行蹤不定，不論在何處，我都要趕來宣讀她的遺囑。不過，她又吩咐過，她遺囑宣讀時，一定要有一位先生在場，這位先生叫卓長根，在巴西定居，我啟程的時候，已經通知這位先生，他只怕也快到了。」

當律師講到這裏的時候，卓長根站了起來：「我就是卓長根，早就在了。」

卓長根神情激動，馬金花預立的遺囑，對他十分重視，他心中又感激又難過。

從那天晚上，馬金花過世到這時，已過了三天，我和白素一直在卓長根身邊，白老大也來了里昂。卓長根在那三天之中，一句話也未曾說過，一個人，不是雙手抱住了頭沉思，就是抬頭望着天，呆若木雞，一動不動，不論白老大如何勸他，和他打趣，他都一概不理。

雖然我們都急於想知道，他和馬金花為什麼爭吵，馬金花跟他說了一些什麼，何以他一直到馬金花死了，還對着她的遺體說「不相信」，可是又要自己去「看一看」？

許多疑問在我心中打轉，可是看他的情形，明知問了也是白問。我曾經向白素咕嚕道：「老爺子別為了傷心過度，以後再也不會開口說話了吧。」

所以，這時，聽到他回答了律師的話，大家都很高興，希望他心中的哀傷，快點過去。

律師望向卓長根：「那太好了。馬女士的遺囑，十分簡單，分兩部分，第一部分，她的全部財產，由卓長根先生掌握運用，成立獎學金，世界上任何角落的大學生，都有權申請。」

律師的宣布，傳來了一陣熱烈的掌聲。大家都等着聽律師宣布遺囑中第二部分。律師看了看手中的文件，神情有點古怪：「對不起，第二部分，馬女士的遺囑中寫得很明白，不能當眾宣讀，只有卓長根先生一個人能聽，卓先生，我們——」

卓長根不等律師說下去，就一揮手：「我已經知道內容，不必再聽了。」

律師有點感到意外，卓長根又大聲道：「請你立即把馬女士的遺囑毀去，並且遵守你的職業道德，絕對把遺囑的內容，保持秘密。」卓長根的話，說得不是很客氣，律師的神情有點惱怒，但是他還是取出打火機來，當眾把手中的文件，點着了燒了個乾淨。

白老大低聲道：「卓老頭在搞什麼鬼？」

我也覺得事情十分蹊蹺，一時之間也想不透，只好道：「馬金花死前，已告訴了他遺囑的內容。」

白老大點頭：「當然是，可是他為什麼要律師守秘密呢？」

白素道：「可能在遺囑中有私人感情方面的事，他不想別人知道。」

我和白老大仍然心生疑惑，但暫時，除了白素的解釋之外，似乎又沒有別的解釋。

白老大「哼」地一聲：「等他情緒定下來一點問他，不怕他不說。」

我忍住了在這三天之中，不向卓長根發出問題，想法和白老大一樣：等他情緒穩定了一點之後再來問他。

喪禮舉行完畢，馬金花的靈柩，卻仍然停在殯儀館，卓長根在各人都離去，只有他、白老大、我和白素四個人在靈柩旁邊的時候，他才一面用手搓揉着靈柩上的鮮花，一面道：「金花遺囑的第二部分，就是要我把她的遺體運回家鄉去安葬。」

我們三人呆了一呆，還未曾來得及作出任何反應，卓長根又道：「那天晚上在醫院中，她已經預感到自己不久人世，所以把她的遺囑，告訴了我。」

我們三人互望着，卓長根又道：「我已經叫我機構中的人在聯絡，大概很快就可以啟程。」

我皺着眉，沒有作聲。馬金花的家鄉，在中國的涇渭平原。本來，一個人死後要葬在自己的家鄉，十分正常，但是由於種種的政治原因，所以聽來有點突兀。

白老大對政治十分敏感，不像我，只是消極地不去觸及它。白老大的愛憎也極其分明，他「哼」了一聲：「老卓，你現在是大資本家，又是拉丁美洲區的大人物，你這一去，只怕會受到盛大的歡迎，說不定，還會擺國宴來歡迎你。」

卓長根一翻眼：「你知道我不願意去，可是金花吩咐了，我能不去嗎？」

白老大道：「派幾個得力的人進去辦一辦！你弄個一億美金進去，替馬金花弄個馬氏墳場，都沒有問題。」

卓長根緩緩搖着頭：「不，我要親自送葬。」

白老大仍大不以為然，可是又沒有什麼法子說服卓長根，所以乾脆生氣，不再出聲。

我看問問題的時機已到了，就道：「卓長根老爺子，馬教授在臨去世之前——」

我的話還沒有說完，卓長根已陡然伸出他的大手來，直伸到了我的面前。一時之間，我以為他又要動手，連忙向後一仰，他卻只是作了一個阻止我再說下去的手勢。

他道：「小衛、小白、小女娃，你們不必問我任何話，問，我也不會說。」

我和白素一怔，想不到他會這樣說，白老大已經叫了起來：「老卓，這像話嗎？」

卓長根悶哼了一聲：「你們想問我，金花對我說了一些什麼？我們為什麼會爭吵起來？金花的話，為什麼我不相信？」

白老大悶哼一聲：「知道就好，快從實招來。」

卓長根深深吸了一口氣，又緩緩把氣吁出來，然後，才一字一頓：「小白，咱倆的交情，是沒得說的了，可是比起父子來，又怎麼樣？」

白老大聽得他忽然這樣說，不禁駭然，又好氣又好笑：「他媽的，老卓，你在放什麼屁？」

卓長根的聲音緩慢而傷感：「小白，當年我和我爹，父子二人相依為命，我爹明知自己要死，也沒有對我說，現在，怎麼會對你說？」

卓長根伸手阻止我說話，我心中已然疑惑之極，知道那一定是一個驚人的大秘密，所以，一直在用心聽他說什麼，希望可以聽出一點弦外之音。這時，我一聽得他這樣講，立時道：「事情和令尊有關？」

卓長根卻一點反應也沒有，自顧自道：「當年，金花失蹤五年之後回來，她沒告訴我，連馬場主那裏，也半句沒透露過。」

白老大大聲道：「那——」

可是他只講了一個字，卓長根又一伸手，白老大憤然把他的手，重重地拍了開去，卓長根也沒有什麼別的表示，我趁這個機會，飛快地問道：「那樣說來，馬金花的失蹤，和令尊的神秘身分有關連？」

卓長根仍然對我的話，理都不理，自顧自道：「金花在臨死之前，把事情告訴了我，你們想想，我能告訴你們嗎？會告訴你們嗎？當然不會。」

白老大霍地站起來：「好，老卓，咱們倆的交情，到此為止。」

卓長根嘆了一聲，兩眼向天：「你要這樣，我也沒有法子想。」

白老大的脾氣，自然烈得可以，一聽得卓長根那樣說，一聲不出，立時向外走去。卓長根只是低低地嘆了一聲，絕沒有挽留的意思。

我和白素互望着，手足無措。

第六部

重演當年失蹤事件

本來我們都以為，一等卓長根的情緒平靜，他就會什麼都告訴我們，誰知道他一句話也不肯說。靈柩邊的沉默，十分難堪，白老大的聲音，從外面傳了進來：「你們也跟我走吧，這老頭子鐵起心來，誰也扭不轉。」

卓長根對白老大的這兩句話，倒表示同意，向外揮着手，示意我和白素離去。

我心中也忍不住生氣，白素卻涵養好，若無其事地道：「恭喜卓老爺子，心中幾十年的兩個謎團，都解開了。」

卓長根悶哼了一聲，欲言又止，但終於未曾出聲。我一看他這種樣子，靈機一動，冷然道：「才沒有解開，他根本不相信。」

卓長根立時向我望來，我故意不去看他，望向白素：「藏在心裏，一輩子也解不開。」

卓長根居然沒有被我激怒，他只是苦笑了一下：「小娃子，你不必使計激我，我不會說的。餘下來的事，我自己會解決。」

我心中苦笑，硬激不成，我還是不死心，放軟了口氣：「卓老爺子，你處事好像不怎麼公平吧。老遠把我們叫了來，要我們解你心中的疙瘩，現在你自己心中有數了，那兩個疙瘩，卻留在我們心裏。」

卓長根道：「事情與你們全然無關，你們可以再也別去想它。」

我悶哼一聲：「這像話嗎？那不是無賴麼？」

我知道卓長根一生為人，豪邁爽直，俠義乾脆，這種人，最惱人說他無賴，也最怕擔個無賴的名聲，所以，我才故意用這樣的重話去擠他。

果然，我的話才一出口，他就大有怒意，一伸手，就待向靈柩上拍下去，待到手掌快拍到靈柩時，才陡地想起，如果一掌拍在靈柩上，那是對死者的大不敬，所以立時縮回手來。

他縮回手，他怒意也消失了：「是，算是我對不起你們，不論你們要我做什麼，我都沒有第二句話，唯獨別再追問那件事。」

他話說到了這一地步，那真是沒有再說下去的餘地了。

我苦笑了一下，向他伸出手去：「很高興認識你，和聽你講了那麼有趣的經歷，暫時，我們還沒有什麼事要求你，再見了。」

卓長根自然看出了我的不高興，他一面伸手出來，和我握着，一面伸手，在我的背上，輕輕拍了兩下：「小娃子，別學你老丈人，動不動就生氣。」

我真有點啼笑皆非：「那要怪叫人生氣的人。」

卓長根一副無可奈何的神情，叫人看得十分不忍心，我只好長嘆一聲，攤了攤手，表示算了。

我和白素一起離開，在殯儀館的門口，白老大等着我們，氣仍未消：「老渾蛋說了些什麼？」

我道：「啥也沒說。」

白老大也犯了拗勁：「他不說也不要緊，我就不相信查不出來。」

我用力一頓腳：「那兩個護士當時倒在場，可惜她們一句也聽不懂馬金花和卓長根在說什麼。」

白素嘆了一聲：「愛因斯坦臨死時，說了三分鐘話，在一旁的護士不懂德語，對人類文化可能有重大影響的話，就此無人能知，比起來，我們的事，不算什麼。」

白老大不理會白素，只是望着我道：「小衛，我們兩個人合作，若是有再查不出來的事，你相信不相信？」

我笑了起來：「當然不相信。」

白老大一揮手：「對啊，那我們就去把它查出來，倒講給老渾蛋聽聽，看他的臉往哪兒擱，我們先從——」

我立時接口：「先從查馬金花遺囑的第二部分開始。」

白老大拍手道：「對。」

白素搖頭：「看你們，興奮成這樣，沒有結果時，不要垂頭喪氣才好。」

接下來三天，我們都留在里昂，卓長根一直在殯儀館沒有出來。

我們知道卓長根機構的負責人，正在進行運靈柩回去的商榷，報紙上，已在大肆宣揚「表示熱烈歡迎馬源教授遺體葬在家鄉」。馬金花在學術上的成就，加上她的影響，自然可以供利用。

在這三天之中，也十分容易就得到馬金花遺囑的內容（那律師的職業道德並不太好）。

第二部分，確如卓長根所說的那樣。

可是，略有不同。

整個第二部分，是一封信，馬金花不以為她在臨死之前，還會和卓長根有面對面講話的機會。

那封信的內容是：

「長根，到現在，如果我在世上還有親人，就是你，所以我要你做一件事。我知道你不願意回家鄉去，可是我要你把我運回去，在家鄉下葬。葬在多年之前那次放馬失蹤的那片草地。如果你留心一點，可以發現那片草地上某一處，有九塊石板鋪在一起，撬開那些石板，把我葬下去，你一定會答應的，我知道，雖然我們曾賭氣不再理會對方。金花。」

我們三人看了這封信，都皺着眉不出聲，心中的疑問更多了。

從這封信看起來，馬金花要回葬家鄉，好像另有目的！

白素首先道：「看起來，馬金花像是要卓長根回家鄉走一遭。」

我應聲道：「不是家鄉，是要卓長根再到她曾失蹤的那地方去，那地方有一個秘密：有一處是九塊石板鋪起來的。」

白老大托着額：「九塊石板鋪起來，這是什麼意思，很費解。」

我道：「不算費解，那是一片草地，面積可能相當大，馬金花也說了，只要留意，可以在那一大片草地上，發現一處地方，鋪着九塊石板——可惜她沒有說明那九塊石板的大小。」

白老大瞪了我一眼：「你說了等於沒說，這九塊石板，有什麼大不了？」

我道：「那誰知道，反正馬金花要葬在那個地方，這是她的遺囑。」

白素遲疑了片刻：「會不會撬起了那九塊石板，會發現什麼秘密？」

白老大吸了一口氣：「極可能，而馬金花的目的，是要卓長根去發現這個秘密，運遺體回去安葬，還在其次。」

三個人一起參詳分析，果然比一個人動腦筋的好，我已經隱約感到，事情已有點眉目了。

這很令人興奮，我大踏步來回走着，碰跌了一張椅子，然後，我大聲道：「請注意一點：馬金花在那片草地上突然失蹤，過了五年，才又在原來的地方，突然出現。」

白老大笑了起來：「我知道你想說什麼了。」

本來，我確然有了一個大膽的設想，但一看白老大這種不以為然的神態，不免氣餒，聲音也沒有那麼大了：「我設想，那九塊石板，如果被撬起來之後，是通向一個地下室的通道入口。」

白老大道：「是啊，馬金花就在那個地下室中，藏了五年。」

他說到這裏，揮着手，「呵呵」笑了起來。

我想了一想，自己也覺得沒有這個道理，只好苦笑了一下：「或許，石板下面，蘊藏着不為人所知的馬氏牧場的財富。」

白老大同意：「這個可能性更大。」

白素在這時，忽然道：「馬金花曾說她嫁過人，卓長根推測，那是她失蹤五年間的事，由此可知，馬金花在那五年之中，過的是另一種生活。」

我嘆了一聲：「又回到老路上來了，她是進入了另一個空間？」

白素緩緩地搖着頭，神情一片迷惘，顯然她的心中，也沒有定論。

三天之後，我們在報紙上看到了「馬源教授遺體，由其生前好友，南美華裔實業家卓長根負責，運回家鄉安葬」的消息。

卓長根此行，陣仗還真不簡單，不但包了一架飛機，帶了幾個得力的助手，而且，還有一個外交官員隨行，表示對馬教授的敬意。同時還有消息說，目的地的當地政府，已經準備盛大歡迎儀式云云。白老大看了報紙，用力把報紙摔開去：「這老小子，把他在南美洲所有的一切，拿去填這個深淵，也不過如九牛一毛，一個國家窮得連自尊也沒有。」

我和白素都沒有說什麼，知道一搭腔，白老大的牢騷發起來，更沒有完。

在卓長根出發之前，我們也不是沒有活動，我們知道卓長根從南美召來了兩個得力助手，和他一起，去辦運靈柩的事。

白老大曾企圖去收買這兩個親信中的一個，要他不斷報告卓長根的行蹤，他堅持要「親自出馬」，說一定可以不費吹灰之力。

所以，他到里昂去了一趟。

他在回來後，絕口不提收買是否成功，只是叫着那兩個人的名字，把他們痛罵了一頓。我和白素都心裏明白，那兩個人一定對卓長根十分忠心，白老大的收買失敗了。

這個計劃失敗了，卓長根回家鄉去，做了一些什麼事，法國報紙自然不會刊登，只是通過一些途徑，才約略知道一些，無非是卓長根受到了盛大歡迎，卓長根答應投資和提供畜牧的最新科技，幫助當地發展畜牧業等等的老調。

白老大每次得到這樣的消息，總要把卓長根痛罵一頓。

又過了五六天，我實在想走，白老大也知道留不住我，只好由得我和白素兩人離去。

在歸途的飛機上，我向白素道：「我們所遇到的事情之中，這件事最無趣，我被出賣，卓長根本來找我們幫忙，可是他自己一有了線索，就完全不理會我們！」

白素看得開：「當聽了一個故事，那麼多年前的事，全憑卓長根一個人說，真實性如何，也值得懷疑。」

我苦笑了一下，對卓長根所叙述的一切，我從來也沒有懷疑過，至多認為他在馬金花部分，略有感情上的誇張。我也知道白素這樣說，是想我不再追究這件事，只當聽過就算。

事實上，我就算追究，也無從追究起，不算也只好算了。心中自然不高興，因為卓長根給我的印象極好，但結果卻那麼不漂亮。

回到家中，另外有一件事，令我忙碌了幾天。白素忙於搜集卓長根在他家鄉活動的資料。看來他在家鄉，很受重視，消息還不少，但無非是各種應酬，和整件神秘事件，沒有什麼大聯繫。

那天晚上，我在看書，白素走了過來：「奇怪，已經有好幾天沒有卓長根的消息了。」

我放下書：「或許他的活動已結束，當然不會有什麼新消息。」

正當我們這樣説着的時候，門鈴響了起來。老蔡年紀大，動作遲緩，門鈴響到他去開門，至少要超過一分鐘，我們早已習慣。

而且，遇到我和白素都在的時候，我們一定會互相猜來的是什麼人。

我在聽了門鈴聲之後先開口：「卓長根。」

白素搖頭：「他包了專機，不會經過這裏，看來你真想見他？如果是，你可以到南美洲去找他。」

我道：「那你猜是誰？」

白素側着頭，還沒有說出來，老蔡已經在樓梯口叫起來：「有一位鮑先生硬要進來。」

我怔了一怔，一時之間，想不起有什麼熟朋友是姓鮑的，就在這時，另外一個聲音也傳了過來：「衛先生，我叫鮑士方。」

我一聽得「鮑士方」這個名字，就「哈哈」大笑起來，同時，伸手向白素指了一指，作出一副勝利的姿態來。

鮑士方這個名字，並沒有什麼惹人發笑之處，而我忍不住發笑，是這個人我雖然未曾見過，可是名字卻聽過許多次。

那是在白老大的口中聽到的。白老大在親自出馬，企圖收買卓長根的兩個得力助手而失敗之後，曾破口大罵那兩個人，其中一個的名字，就是鮑士方。

我剛才猜上門來的是卓長根，如今雖然不是卓長根，是他的助手，雖不中亦不遠矣，所以我才向白素作出勝利的姿態來。

白素向我笑了一下，不否定我猜中了一半，可是她立時說道：「真沒有道理，一定有什麼意外發生了。」

我笑：「卓老頭子自己不好意思來見我們，所以先叫他手下來探探路，哪有什麼意外。」

白素道：「快請客人進來吧。」

我來到書房門口，向着樓下：「鮑先生，久仰大名，請上來。」

接着，我就看到一個中年人，急急走了進來。

這個人的身量不是很高，可是極結實，年齡大約四十歲，有一頭又濃密又硬的黑髮，來到樓梯口，抬頭向上望了一眼，一臉的精明能幹，可是卻又十分惘然惶急。這並不矛盾：精明能幹是他的本性，惘然惶急，一定是他有了什麼急事。

我說道：「請上來，我是衛斯理。」

這個鮑士方，簡直是跳上來的，他上了樓，就和我握手，我又介紹了白素，白素道：「有什麼事，慢慢說，別急。」

白素也向我望了一眼，表示她也猜中了：鮑士方真有急事。

看到了鮑士方這樣的神情，我也可以知道他一定大有急事。所以我向白素點了點頭：「好，一比一。」

鮑士方卻不知道我們在說什麼，愕然怔了一怔，才道：「兩位，我先介紹一下我自己——」

我打斷了他的話頭：「不必了，我們知道，閣下是卓氏機構的四個副總裁之一，是卓長根先生的得力助手。」

鮑士方點了一下頭，他這個人，做事十分爽脆，立時開門見山地道：「卓長根先生失蹤了。」

我和白素都陡然震動了一下，失聲道：「失蹤，什麼意思？」

由於鮑士方所說的實在太突然，所以才有此一問。鮑士方也怔了一怔，像是不知道失蹤除了失蹤之外，還會有什麼別的意思。

我又急着想問，白素已然道：「鮑先生，慢慢說，卓先生怎麼會失蹤？」

鮑士方六神無主：「不知道，真的不知道，他……失蹤了，我們沒有辦法可想，所以來找你們。」

我嘆了一聲，這個人，性子比我還急，我再做了一個手勢，又把一瓶酒塞在他的手裏。他居然道：「對不起，我不喝酒。」

他說着，坐了下來，可是才一坐下，又彈了起來：「卓先生失蹤了。」

白素柔聲道：「什麼時候的事？」

鮑士方喘了幾口氣：「三天之前。」

白素道：「請告訴我們經過的情形。」

鮑士方直到這時，才算是說話有了點條理，他重又坐了下來：「卓先生一直在應付各種各樣的酬酢，這令他很不耐煩，幾次提出，把馬女士的靈柩葬了就算了，可是當地的政府卻一直不替他安排。兩位當然知道，在那地方，政府不替你作安排，一點別的辦法也沒有。後來，卓先生發脾氣了，把負責招待他的一個副省長，和幾個高級官員，痛罵了一頓，表示再不讓他自由行動，他就要撤回一切承諾。」

我聽到這裏，不禁「啊」地一聲：「是不是他罵得太厲害，所以惹禍了？」

鮑士方搖頭：「不會，以卓先生在國際上的聲望地位，他們再野蠻，也不敢。」

我咕噥了一句：「難說，在這種地方，神秘失蹤的事，每天都有。」

白老大如果在一旁，一定會對我這句話拍手表示同意。白素道：「我想鮑先生的推測對，不會有拘捕的可能存在。」

鮑士方續道：「當地政府同意了第二天一早就進行葬禮，可是又起了爭執，政府官員要隆重其事，請各界代表參加，致祭，弄一大套紀念儀式，還要由報紙詳細報道經過。」

我「嗯」地一聲：「有利用價值的時候，一定要利用到極點，這是他們的信條。」

鮑士方嘆了一聲：「本來，這樣做也沒有什麼不好，馬教授這樣的成功人物，也應該有一個隆重的葬禮，可是卓先生反對。」我和白素互望了一眼，我們明白卓長根為什麼要反對，因為馬金花指定了她落葬的地點：那片草地上，有九塊石板鋪着之處。

那九塊石板，可能蘊藏着什麼重大的秘密，卓長根自然不能在萬眾矚目下，去發掘秘密。

我問：「卓先生怎麼説呢？」

鮑士方苦笑了一下：「卓先生提出他的辦法，我知道事情有點不尋常，可是也想不到會發展成那樣的地步。」

鮑士方向我望來，我示意他說下去，他又道：「卓先生堅持，他要一個人，帶着靈柩，去選擇一處他認為合適的地方落葬。當地官員倒也同意，反正是一望無際的平原，隨便在哪裏落葬，都沒有問題，可是卓先生堅持要他一個人進行，真是古怪之極。」

我吸了一口氣：「結果他還是如願了？」

鮑士方道：「當然是，卓先生要是執拗起來，誰也拗不過他，他連我和孟法都不要陪——孟法是另一個副總裁，我們兩人和卓先生一起去的。」

我和白素點着頭，表示明白孟法是什麼人。

鮑士方搖着頭：「第二天一早，他一個人，駕着一輛馬車，靈柩就放在馬車上，他曾說過，要是有人跟蹤他，他就翻臉，要是順了他的意，他可以在一年之內，幫當地政府建立設備最完善的一所畜牧學院，作為報答。」

我道：「他真是一個人出發的？等一等，出發，從什麼地方出發？」

鮑士方道：「我們一直住在以前的馬氏牧場中。」

我「哦」了一聲，鮑士方有點埋怨：「城市的酒店，設備不算太差，馬氏牧場的屋子，破舊得難以想像。」

白素說道：「卓老爺子隔了那麼多年，舊地重遊，一定感慨萬千了。」

鮑士方苦笑道：「連當地官員也怨聲不絕，那天一早他自己趕了馬車出發，倒真的沒有人跟去，也不知道他會到什麼地方去——」

我和白素又互望了一眼，心中都道：「那片草地。」

我一面想，一面道：「好像不是很對吧，卓先生那麼重要，怎麼當地官員可以讓他一個人隨便亂走？」

鮑士方苦笑了一下：「事前，別說當地官員不肯，我們也不肯答應，因為那地方這樣荒涼，又是一個陌生的地方，卓先生——」

白素微笑了一下，打斷了他的話頭：「那地方，對卓先生來說，絕不陌生，他是在那裏長大的。」

鮑士方呆了一呆：「可是……可是事情已經隔了那麼多年，而且，老實說，我一點也不喜歡那地方……和那些人，一點也不喜歡。」

我看着鮑士方，他多半接受西方教育長大，自然不會適應那種環境，他不喜歡「那些人」，當然也有道理，「那些人」對卓長根自然會十分客氣，可是「那些人」的嘴臉和心態，也不是一個來自正常社會的人所能適應的。

我揮了揮手：「別談你個人的觀感了，卓先生獨自駕着馬車離去，後來又怎樣？」

鮑士方苦笑了一下：「他一早出發，等到中午，還沒有回來，我就覺得不對，雖然卓先生臨走的時候，曾一再囑咐我們不要多事，可是他畢竟是一個超過九十歲的老人！」

他的聲音充滿了焦慮，可見當時，卓長根離開，逾時不回，他們一定着急得不得了。

他略停了一下，續道：「我就駕着一輛吉普車……這輛吉普車，至少有四十年車齡，開起來，不會比馬匹更快，可是我騎術又不好，我們一共有三十多人，沿着他去的方向追上去，不多久，就遇上了幾個牧馬人，說他們在早上見過卓先生的馬車經過，既然方向沒錯，總可以遇上他的。」

鮑士方講到這裏，不由自主喘息，我吸了一口氣：「沒有找到他？」

鮑士方的面肉抽搐了幾下：「到了黃昏時分，到了一片草地上，看到了那輛馬車，馬車在，我們都放了心，可是，卓先生卻不在。」

我和白素，聽到這裏，又互望了一眼。馬車在，人不在了。

這情形，和當年卓長根去追馬金花，追到了那片草地上，馬金花的坐騎小白龍在，馬金花卻不在了，情形完全一樣。

鮑士方自然不知道我們心中在想什麼，他繼續道：「我們分頭去找，一直到天黑，還是不見卓先生的蹤影——」他講到這裏，現出了十分憤慨的神情：「這時候，那些混蛋官員，不是想怎樣進一步去尋找卓先生，而是開始互相推諉，逃避責任，我發急了，叫他們派直升機去搜索，可是在那種落後地區，打一個電話，都要走出去幾十里路，好不容易，有一架直升機來到，已經是第二天的下午了。直升機來了，可是燃料卻又不足，駕駛員又不肯在晚上作業，真他媽的。」

鮑士方本來十分斯文，可是講到這裏，忽然來了一句粗言，可以想見他真的是發了急。我道：「細節經過不必說了，卓先生從此沒有再出現？」

鮑士方忽然之間，顯得十分疲倦，點了點頭，雙手托着頭，靜了下來。

我和白素也靜了半晌，我才道：「鮑先生，這件事在以前——」

我才講到這裏，白素突然伸手，輕輕推了我一下，示意我不要再講下去。我向白素望去時，白素已然道：「鮑先生，卓先生在幾千里之外失蹤，這件事，你來找我們，有什麼用處？」

鮑士方多半心情焦急，精神恍惚，所以對於我講了一半就被打斷的話，並未留意，他聽得白素這樣講，現出十分失望的神情。

他先是張大了口，接着，一面喘息着，一面道：「那我怎麼辦？那我怎麼辦？」

白素作了一個無可奈何的手勢：「我看你也不用太着急，吉人自有天相，卓先生一生無驚無險，不會有什麼事。」

這時，我對白素的這種異常態度，也感到奇怪莫名。白素一直不是這樣子的，可以幫助人的話，就算是全然不相干的人，她也會盡力幫助。何況我們對卓長根都十分敬愛，可是這時，她卻擺出一副漠不關心的神情。

鮑士方呆了一呆，霍然站了起來，大聲道：「我來找兩位，是因為實在無法可想，才來求助的，並不是想來聽一點不着邊際的廢話。」

他講話很不客氣，我雖然知道，白素這種反常的態度，一定有她的道理，她不可能不關心卓長根的失蹤。但是鮑士方的態度，還是令我不高興。我冷冷地道：「鮑先生，或許在你的機構中，你慣於這樣呼喝，可是在這裏，請你檢點一些。」

給我這樣一說，鮑士方有點手足無措，不知如何才好，只是用力搓着手。白素盈盈站了起來，擺了擺手：「對不起，鮑先生，我們不能給你什麼幫助，我看你還是回到那地方去，再展開搜索的好。」

鮑士方的口唇顫動着，神情十分激動，看來他有很多話要說，但又不知說什麼才好，過了好一會，他才憤然道：「我對兩位太失望了。」

我一揚眉：「總不能使世界上每一個人，都對我們滿意的。」

鮑士方還想說什麼，但終於沒有說出口來，他重重摔了一下手，大踏步走向門口，在門口，他又停了一停，回過頭向我們望來。

白素像是早已料到他會回頭一樣，早已向我使了一個眼色，示意不要去理睬他，所以，當他轉過頭來時，我們連看也不去看他。接着，我們就聽到了關門聲，他已經離開了。

幾乎是門才一關上，我已經問了出來：「為什麼？」

白素坐了下來，緊蹙着雙眉，隔了一會，她才道：「剛才，你想說出多年之前馬金花在那片草地上失蹤的事？」

我用力點着頭：「兩樁失蹤的事，一模一樣？」

白素也點頭：「當然一樣，真奇怪，那地方，難道真是另一度空間的交界？人可以在那裏，跨越空間的限制？」

我怔了一怔，然後大聲道：「你想到什麼地方去了。五度空間，外星人，這一切可能，在法國的時候，我們都曾討論過，而且都否定了。」

白素嘆了一聲：「現在我們所知的是：幾十年之前，馬金花曾在那裏失蹤，怎麼找也找不到，而在五年之後，她又在那地方，突然出現。」

我「嗯」地一聲：「這是已知的事實。」

白素道：「一再重複已知的事實，有時會有新的發現，你同意不同意？」

雖然，我們已經把已知的事實，反覆研究過許多次，但再來重複一次，沒有害處。可是我性急，我想先知道白素的反常冷淡態度，是為了什麼。

所以我先道：「先說說你有什麼打算，你不打算去找卓老爺子？」

白素瞪了我一眼：「找？找沒有用！當年，馬金花消失，馬氏牧場何嘗沒有找過，可是一點結果也沒有。」

我大搖其頭：「那不同，那時只是單憑人力的搜尋，現在，不知有多少科學工具可供使用，要找起來，容易得多。」

白素嘆了一聲：「那也得看人在什麼地方失蹤，你剛才沒聽鮑士方說麼？人一失蹤，當地的官員，一見出了事，不是如何設法積極尋找，而是開始互相推卸責任，恐怕在外面組織了大規模的搜索隊進去搜索，還不被歡迎。而且，鮑士方一定會去做這個工作，就讓他先去做，何必要我們參加？」

我吁了一口氣，白素的分析，有理之至。鮑士方十分能幹，就算當地的官員想把大事化小，小事化無，不了了之，鮑士方也一定不肯答應，他一定會盡一切力量，組織搜索隊去找卓長根，在這樣大規模的搜索行動中，我們起不了什麼大作用，沒有必要去湊這個熱鬧。

白素又道：「我有一種強烈的預感，就算鮑士方組織一個有一千人參加的搜索隊，也不會找到卓長根。」

我也有這樣的預感。

這種預感，自然是由於當年馬金花失蹤，怎樣找也找不到她而來。我也知道白素和我，都還有一個感覺，那就是卓長根雖然失蹤，可是他的安全，不成問題。

當年，馬金花失蹤了五年之久，仍然安全出現，卓長根的失蹤情形，既然和馬金花一樣，當然也不應該會有什麼悲劇發生。

問題是在於：卓長根究竟到什麼地方去了？

我把這兩個問題，提了出來，白素長長吸了一口氣：「馬金花一直不肯說，這五年之中，她在哪裏，連她的父親，她都未曾透露一言半語。」

我道：「可是我相信，最後，她和卓長根相遇，她說了出來。」

白素表示同意：「是，她說了，卓長根卻不相信，所以他們劇烈地爭吵。馬金花究竟說了些什麼，卓長根也不肯說。」

我悻然道：「這老頭子，真是渾得可以。」

白素苦笑一下：「他不肯說的原因，我相信和當年馬金花不肯說的原因一樣。」

我睜大了眼：「什麼原因？」

這個問題，我也曾自己問過自己不少次，可是沒有一個答案令我自己滿意。

白素看着我瞪視她的情形，很明白我的心意，她道：「我的答案，也不一定令你滿意，可是這實在是唯一的答案！」

我作了一個手勢，請她把答案說出來，她道：「他們兩人都不肯說的原因，是因為馬金花的遭遇，實在太奇特，太不可能，太離奇，太難以令人相信。」

我不禁笑了起來：「這不是說了等於沒說嗎？」

白素正色道：「絕不，你想想，卓長根對馬金花數十年不變的感情，馬金花不論講什麼，他都會毫無保留地接受。可是，他竟然和馬金花吵了起來，馬金花說了一句十分重要的話——」

我道：「是，馬金花說他如果不信，自己可以去看看。卓長根多半就是為了那句話，所以才到那裏去的。」

白素閉上眼睛一會：「所以，我們可以從最荒誕、最不可思議的方面去想馬金花的遭遇，我們想通了馬金花的遭遇，也就可以明白卓長根如今的遭遇。」

我苦笑：「那可能性太多了，包括馬金花忽然變成了一隻螞蟻，過了五年螞蟻的生活，然後又回復了人形，可能有超過一千三百種的不同設想。」

白素又瞪了我一眼：「設想也不是完全沒有根據，多少有一點線索可以跟循。」

我攤開手：「例如——」

白素有點埋怨：「你愈來愈不肯動腦筋了。例如，馬金花在失蹤的那五年中，不是單獨一個人生活，她甚至曾透露過，她結過婚。」我一聽白素這樣講，不禁「啊」地一聲，是的，馬金花雖然未曾正面這樣說，但是她曾說過她結過婚，自然那是這五年中的事。

白素又道：「還有，她又出現之後，心急地要去上學堂，這說明了什麼？」

我略想了一想，就有了答案。

我道：「這五年之中，和她相處的人，一定都有着相當高的知識程度，使她感到自己知道太少，所以她要充實自己。」

白素沉吟一下：「她後來一直在研究漢學……」

她講了半句，就停了下來，我知道她在想什麼，接上去道：「馬金花在未曾到北京上學堂之前，她的程度怎麼樣？」

白素這一次，並沒有瞪我，只是仍然在沉思之中：「我也想到了這一點，以牧場這樣的環境，她不可能有什麼國學根底，可是她好像就能跟上當時的高等程度，真不可思議。」

我提醒她：「別忘了她有那五年的經歷，那五年中，她可能已經學會了不少。」

白素靜了片刻，才又道：「馬金花在漢學上最大的成就，是對先秦諸子學說的研究，發前人所未發，見解精闢，眾所嘆服，這……這……」

她在遲疑着，我舉起手來：「我不以為她在那五年之中，進入了桃花源，和避開秦朝暴政的那些人在一起。」

白素嘆了一聲：「可是，那一段時期中，她一定曾和一些人在一起，那些人，也一定極有學識，她可能就和那些人之中的一個成了婚。」

第七部

洞穴中隱藏的秘密

白素的設想雖然不是平空而來，可是她所根據的線索，未免太少。

可是，這件奇詭莫測的事，除了不斷的假設，實在沒有任何具體的事實，可供追尋。我想了一想：「你設想馬金花和一些人在一起生活了五年，這些人的人數是多少？」

白素喃喃地道：「誰知道，或許十個八個，或許一兩百個。」

我又道：「我曾經提出過，在那一帶，有一些神秘的小部落，隱居在偏僻的地方，幾乎與世隔絕，可能有一個文化程度十分高的小部落，在那一帶的山區之中？」

白素緩緩搖了搖頭：「有可能，但總是不實在，一定有一個關鍵性的問題，我們未曾想到——」

她講到這裏，突然停了下來，但在極短的時間中，她又現出了興奮的神情來：「有一個人，其實是十分重要的關鍵性人物，我們都忽略了。」

我道：「我可沒有忘記他：卓長根的父親，一切神秘的事，都由他開始。這個人，不知從何而來，也不知由何而去。在他之後很多年，才有馬金花的失蹤，然後才是如今的卓長根。」

白素低嘆了一聲：「兜來兜去，又兜到老地方來，卓長根的父親……卓長根的父親……」

我在一旁插言：「一個養馬的好手，有一塊毫無瑕疵的玉佩，託孤之後，去赴死，不錯，他就是一切神秘事件的關鍵。」

我的這個結論，自然十分合理，可是我講了之後，發現就算有了這樣的結論，一點用處也沒有，除非可以找到這個人。

而這個人，早在七八十年之前，已經無法找得到，別說是現在了。

我只好自我解嘲地笑了一下：「看來，要了解真相，還是非到那地方去一次不可。」

我這樣說，本來只是隨便說說而已的，白素聽了，竟然十分認真：「看來，真的只有此一途了。」

我直跳了起來：「你說什麼？剛才你拒絕了鮑士方的要求，現在又——」

白素揮了一下手，打斷了我的話頭：「我可以肯定，像鮑士方這樣的搜索，不會有結果。我要等到事情漸漸冷下來，再去，或許可以有所發現。」

我盯着她，她笑了一下：「你不想去的話，我可以一個人去。」

我忙道：「不，不，要去自然一起去。」接着我又咕噥道：「我可不想你一失蹤就是五年，而且在那五年之中，還可能……可能……」

白素不等我說完，就給了我老大一個白眼，我作了一個鬼臉，沒有再說下去。那一天，我們討論到這裏為止，沉默了一會，白素才道：「我估計我們要去的話，至少在半年之後，在這段時間中，我們要盡量先熟悉那一帶的自然和人文環境。」

我道：「那簡單，多弄點參考書來看好了。」

白素笑了一下：「好，簡單的事讓你去做，複雜的事交給我。」

我問：「還有什麼複雜的事？」

白素很認真：「我要仔細閱讀馬金花的一切著作。」

我不禁伸了伸舌頭，馬金花的著作相當深奧，雖然我不至於讀不懂，但是要我去做這方面的功夫，自然太悶了。所以我立時說道：「好，一言為定，不過不見得在她的著作中可以找到什麼。」

白素的回答很妙：「就算什麼也找不到，學問方面，總也會有點長進。」

第二天，出乎意料之外，接到了白老大自法國打來的長途電話，他的語音十分焦切：「怎麼一回事，卓老頭在他家鄉失蹤了？」

電話是白素聽的，她道：「是，情形和當年馬金花的失蹤極其相似。」

白老大的聲音有點惱怒：「那你們還耽在家裏幹什麼？快去找他啊！」

白素把我們的想法，告訴她的父親，白老大聽了之後，倒也表示同意，只是道：「怕只怕過得一年半載，他給外星人折磨死了。」

白素笑了起來：「馬金花當年失蹤了五年，也沒有什麼損傷。」

白老大道：「卓老頭不同，他是個大火爆脾氣，說不定會給外星人剖成碎片。」

我插了一句口：「我不認為他給外星人擄去。」

白老大咄咄逼人：「那麼，他到哪裏去了？你說。」

我當然說不上來，只好乾笑。

白老大道：「我要發動一個運動，指摘當地政府，對外來的貴賓保護不周，要他們盡一切力量，把卓老頭找出來。」

白老大倒真的説幹就幹，在接下來的一個月中，甚至連國際紅十字會都驚動了，南美洲好幾個國家的政府，都正式提出了外交照會，表示極其關切卓長根的下落。

鮑士方更沒有閒着，他組織了一個龐大的搜索隊，包括了五十名搜索專家、十架性能極佳的直升機，和各種配備。

當地官員也知道事情鬧大了，不能遮瞞，所以呈報了上去，上面也慌了手腳，派出了一個騎兵團，協助搜索。

卓長根是國際商場上一個十分重要的人物，所以有一個時期，那個地區，各國記者雲集，爭相報道搜索行動的經過。

我和白素雖然還在萬里之外，但是搜索行動進行如何，可以了如指掌。這樣大規模的搜索行動，幾乎可以列入人類歷史上之最。

可是，卓長根就像是在空氣之中融化了一樣，全然不見蹤迹。於是，記者沒有什麼可以報道，就作出了各種各樣的揣測。所有的揣測，也離不開我們早已設想過的，例如外星人啦、五度空間啦，等等。有一個記者，說是當地政府基於不可測的原因，把卓長根殺害了，毀屍滅迹，這個記者，當天就被驅逐出境，沒有把他抓起來坐牢，算是他運氣好。

也有一個記者，有相當豐富的中國歷史、地理知識，寫了一篇有關那地區的報道，十分中肯，他的文章提及，那個地區，是中國歷史上著名的神秘地區之一，當年叱吒風雲，統一中國的秦始皇的墓，近年被發現，也就在那地區附近。

秦始皇墓已經發掘出了一小部分，在已發掘出來的一小部分中，墓室無數，是人類建築文明中罕見的地下建築，究竟整個陵墓有多大，誰也說不上來，估計已探測到的，不過是整個陵墓的十分之一，而已經開掘的，又只是已探測到的十分之一。這個記者的文章，最後感嘆，這樣龐大的地下建築工程，在當時，真不知是如何建立起來的，比較起來，埃及的那些金字塔，簡直不算是什麼。

（一九八七年按：秦始皇墓的面積，是五十六點二平方公里。）

整個陵墓的建造工程，不可能超過四十年，因為秦始皇在位，也不過三十七年。那是公元前二四六年到公元前二一〇年，兩千多年前的事了。

秦始皇接位時才十三歲，就算他一做了皇帝，立時就想到了他的身後事，就開始為他自己建造陵墓，那也不過三十多年的時間，一個少年皇帝，為自己身後事一早就進行了那麼龐大的計劃！

秦始皇後來十分熱衷祈求長生不老的「仙藥」，十分相信各種方士術士，派徐福到東方仙山去尋長生不老靈藥，等等，這都是稍知中國歷史的人，都熟悉的事情。

這個皇帝在位時期，對於各種各樣的建築工程，有罕見的狂熱，他把長城連結起來，成為人類建築史上的奇蹟，他又廣建道路，甚至遠在如今雲南、貴州地區，都築了著名的「五尺道」，來貫串陸上的交通。可是比較起來，他自己的地下陵墓，工程更大，而且，有一種極詭異的氣氛。這個連想像起來也十分困難，如此龐大的地下建築工程，在當時的物力之下，不知要動員多少人，才能竟功。

可是這個陵墓的建造過程，歷史上的記載，卻少之又少，少到了幾乎等於沒有。

這自然有兩個可能，一是根本沒有人敢去記載，始皇帝怕有人破壞他的陵墓，所以嚴格保守秘密。另一可能更可怕了，就是所有參與造墓工程的人，都被殺害滅口，估計建造這樣龐大的地下工程，參加的工役，至少以十萬計，有可能殺害那麼多人嗎？觀乎中國歷史上，有坑殺四十萬降卒的紀錄，似乎也大有可能。那個把四十多萬俘虜活埋的人叫白起，在秦始皇之前，是秦朝的大將。那時候，觀念上人命一文不值。造墓的工役全遭殺害，也不是不可能，至少，參與陵墓工程的高級人員，如設計師、工程師之類，一定全被殺了滅口。

所以，這個全世界最大的地下建築工程，一直是秘密，到現在還是秘密。

我當時看着這篇文章，看得津津有味，由於這個記者的文章相當生動，而我又在搜集那一帶的地理資料。

這位記者自然也是在搜索，沒有什麼好報道，所以才扯了開去，寫了一篇這樣的報道。

那一段時間，我有很多別的事，在東奔西走，其間有點可以說是驚天動地的大事，有的已經記述了出來，有的還未曾記述，或是根本還未有結果。

白素真是坐言起行，一直在閱讀着馬金花的著作。

三個月之後，事情漸漸冷下來，搜索卓長根的報道也看不到了，那天下午我一個人在家，鮑士方又找上門來。

我一看鮑士方，就嚇了一大跳。

要不是他一進來就自報姓名，真難認出他來。相隔不到三個月，他變成了另一個人，膚色又黑又粗，滿面風霜，神態疲倦，連眼中也沒有了神采。

他一進來，就重重坐在沙發之中，眼望着天花板：「我不相信一個人會失蹤得如此徹底！」

要在這裏說明一點的是，連鮑士方在內，所有參加搜索的人，沒有一個知道在卓長根之前幾十年，另外有馬金花的失蹤事件，也沒有人知道馬金花遺囑的內容。

鮑士方的聲音，似乎也帶着大西北山區的風沙，聽來有一股異樣的滄桑，我和白素互望了一眼。他上次來的時候，我還在生卓長根的氣，所以並沒有把馬金花遺囑中，要卓長根如何把她葬下去的細節說出來。這時看到鮑士方這種情形，我倒十分同情他的處境，所以提醒了他一下：「那片草地，有一處地方，鋪着九塊石板，你們可曾發現？」

鮑士方一聽，現出十分驚訝的神色：「咦，你怎麼知道的？」

他這樣問，那等於說早已發現了那九塊石板。對於那九塊石板，我也不知其詳，我只是望着他，等他說下去。

他停了片刻，又用疑惑的眼光望了我一會：「這件事情，相當奇怪。當天我們去找他，到了那片草地，看到他駕出去的那輛馬車在，本來，馬教授的靈柩在車上，可是當時，靈柩也不在了，所以沒有人認為卓先生會走遠——他不可能負着沉重的靈柩離開。」

他講到這裏，停了一停，又向我望來：「你早知道卓先生要把靈柩葬在什麼地方？」

我「嗯」了一聲，算是回答。

鮑士方轉變了一下坐的姿勢：「後來他一直沒有出現，那等於他和靈柩一起失蹤，事情更有點不可思議，由於太怪異了，所以……故意避而不提。」

我淡然一笑：「不要緊。」

鮑士方苦笑了一下：「一直到幾天後，大規模的搜索開始，才在那片草地上，發現了有九塊石板鋪着——」

白素插言道：「請你詳細形容一下那九塊石板。」

鮑士方也不想，就道：「我有照片，請看。」

他一面說，一面伸手從上衣袋中，取出了一疊照片，放在几上，一張一張攤開。

直到這時候，我才算看到了「那片草地」。雖然只是在照片上，但是總比聽口頭敘述好得多了。

野草十分茂密，照片上，有不少人站着，都只能看到人的頭部，野草又密又高，幾乎普遍超過一公尺。

在這樣的一片草地之上，要發現鋪着的石板，自然不容易。照片之中，有幾張顯示了那些石板的情形，一大片草被割去，九塊石板鋪着，是一個大正方形，鮑士方在一旁解釋着：「每一塊石板，大約半公尺見方，十公分厚，十分平整，是精工鑿出來的。而且請注意，石板還有許多圓孔，這些圓孔的作用是——」

他講到這裏，停了下來，望向我。

我自然早已注意到了，石板上有許多圓孔，有杯口大小，鮑士方的神情，一副想考考我這些石板上的圓孔有什麼用的樣子，這倒真有點不好回答，我想了一想：「石板下面是什麼？」

鮑士方還沒有回答，白素已經道：「我想，石板上的圓孔，用來掩飾石板的存在，不被人發現。這是相當聰明的設計，野草可以穿過圓孔生長，在茂密的草地上，野草的生長既然沒有異樣，誰會想到有石板鋪着？要是石板上再有一層薄薄的泥土，那就更加不容易發現了。」

鮑士方大點其頭：「是的，事實上，石板之上，的確有一層泥土，泥土不厚，但要不是曾被翻動過，誰也不會發現那兒有石板鋪着。」

我吸了一口氣，在這樣的草地上，鋪着九塊石板，一定有作用，問題是：既然這九塊石板如此隱蔽，馬金花怎麼會知道它們的存在。

當年馬金花失蹤，搜索工作一樣極龐大，卓長根他們，就沒有發現那些石板。

鮑士方嘆了一聲：「發現了那九塊石板，就把附近的草割去，把石板撬起來，兩位請看——」

他指着幾張相片：「下面是一個很方整的地下室……或者只能説是一個洞

穴——」

照片上顯示的是，石板被揭起之後的那個洞穴，我自然也看到了洞穴中的那副靈柩。洞穴正方形，幾面都鑲着石板，放了靈柩，還有一點空間，其中有一張照片上，鮑士方就站在靈柩之旁，洞穴的深度，到他的肩頭，看來一公尺左右。

鮑士方又道：「發現了洞穴和靈柩，至少我個人，感到怪異莫名，卓先生放置好了靈柩才失蹤，他一個人，可以到任何地方去，搜索的範圍便必須擴大。而最怪的是，這樣的一個洞穴，不論什麼時候建造，一定應該有積水、草根，甚至會被地鼠盤踞，可是那洞穴卻十分乾淨，而且也不見得會是卓先生放下靈柩之前打掃過……」

鮑士方一面說着，我和白素一直在看着那些照片，從照片上顯示，不但靈柩被抬出來，連洞穴的底部，四面的石板，也都被拆了下來。

石板的後面是泥土，盤虬的草根，由於生長到了石板前就無法穿透石板的緣故，形成了一種看來圖案十分怪異的平整排列。

我道：「看來你對這個洞穴下了不少研究功夫，我不明白你希望發現什麼。」

鮑士方神情迷惑：「我當時這樣做，也沒有目的，但總要徹底研究一下，結果……什麼也沒有發現，那看來……像是早已準備好的一個墓穴。」

我搖頭：「我只知道馬教授要卓先生把她葬在那片草地的九塊石板之下。」

鮑士方喃喃地道：「除了是預先準備好的墓穴之外，沒有別的解釋，我們把石板再鋪好，仍然放下了靈柩，再把上面的石板鋪上去——我學過建築的，那九塊石板銜接的結構十分佳妙，石板拼成之後，雖然下面沒有什麼支持，可是上面還是可以承載相當重的重量，在中國的建築中，很少見這種結構。」

我忽然想起：「這片草地……很有點古怪，你有沒有再徹底研究一下？」

鮑士方點頭：「草地的面積雖然不小，但是我還是要人把所有的草全部割去，然後，用探測儀器檢查——」

我做了一個手勢：「泥土下面如果有石板，探測儀器不會測得出來。」

鮑士方道：「是，所以我又用土辦法，打了三百支鐵枝，一端十分尖銳，叫三百個人密集地不斷把鐵枝插進土中去。」

我沒有問結果怎樣，只要看他的神情，就知道土辦法也好，洋辦法也好，他不曾再發現什麼。

鮑士方攤了攤手：「那片草地上，除了那個洞穴之外……就是一片草地，唉。」

他長嘆了一聲，我看着他，感到他為了找尋卓長根，什麼辦法都用盡了，他做事鍥而不捨，這樣的人，遭到了失敗，會異常沮喪。

白素向我望來，我知道她的意思，是在徵詢我的同意，要不要把當年發生的事告訴他。我向她作了一個手勢，問鮑士方：「現在你準備放棄了？」

鮑士方陡然現出了十分倔強的神情來：「放棄？就算再花上十年八年時間，花上一輩子，我都要把卓先生找出來。」當他這樣講的時候，任何人都可以看得出，他極認真。

我也有點激動，因為對幾十年之前發生的奇事，可以不去追究，但現在，這種不可解釋的事在持續着，就不能不追究。我想了一想：「有一些事，你可能不知道，我可以詳細講給你聽。」

鮑士方用十分訝異的神情望着我，顯然是他一點也不知道以前發生過什麼事。

於是，我和白素就輪流把我們所知的一切，詳細說給他聽。那一段故事十分長，一開始就把他聽得目定口呆。

等到他聽到一半時，他已經不住喃喃地叫着：「天！天！」

他聽完之後，呆了好一會：「馬教授在那五年之中去的地方，就是卓先生現在在的地方。」

我道：「當然是，問題就在於：那是什麼地方？怎樣才能到達？」

他眉心打着結：「五度空間，走進了時光隧道，被外星人帶走了……等等設想，雖然可以成立，但不切實際——」

我立時打斷了話頭：「不切實際？你以為那些事全沒有發生過？」

鮑士方苦笑了一下：「那麼，失蹤真是由這些原因造成的？」

我搖頭：「有可能，每一假設，都有可能。」

鮑士方忽然直視着我：「真令我難以相信，衛先生，照說，你好奇心十分強烈，對一切不可解釋的事全有追根究柢的毅力，可是你明知道有那樣的怪事發生了，你竟然不去實地追究一下？」

我「呵呵」笑了起來：「小子，你想要我去，不必用這種激將法。」

鮑士方仍然直盯着我，一副不懷好意的樣子，我道：「一則，我有別的事要處理，二則，我想你主持尋找的工作，等你先有了結果再說。」

鮑士方站了起來，攤開手，大叫道：「我全試過了，一點結果也沒有，一定有一條路，我還沒有試過，可是又不知道是哪一條！」

白素緩緩地道：「他們去的地方，情形一定特別之極，不然，不會在醫院中，馬金花對卓長根說了，他也不相信。」

我苦笑了一下：「我設想過上千種可能，甚至設想過他們是下了地獄，到了陰世，到了鬼魂存在的地方，還有什麼未曾設想過的？」

鮑士方在這時候，給我戴了一頂高帽子：「衛先生，你未曾去到當地，不然以你的想像力，一定可以探出究竟來。」

我瞪了他一眼，他忙道：「馬氏牧場的居住環境，已經改善，而且當地的官員，也給我們以最大的便利，衛先生和衛夫人如果不想驚動記者，隨便找一個普通的身分，跟我進去就可以了，衛先生，你是卓先生的好朋友——」

我忙搖手：「算了，我可以去，可是卓長根過橋抽板，他媽的不是什麼好朋友，要是真能找到他，我才不會理他。」

鮑士方一聽我肯去，大喜過望，也不理會我如何對卓長根不敬。我又道：「怕只怕卓老頭年紀已經那麼大，經不起生活上突然的變化，就算我們找到了他——」

鮑士方十分肯定地道：「不會，卓先生的體質，和普通人大不相同，他每年兩次的身體檢查，負責檢查的醫生，都不相信他已超過了九十歲，他身體狀況，幾乎全部合乎健康標準。」

（世界上有一些事情，真很玄妙，看來是毫不相干的談話，會在突然之間，給人帶來一種靈感，那種感覺，有時清晰，有時模糊，但對於苦苦思索沒有結果的事，都會有一定的幫助。）

（這時，我們順口提及了卓長根的健康狀況，看起來和整件事一點關係也沒有，但在再接下去的談話中，卻使我有了一種模糊的靈感。）

鮑士方為了強調卓長根的健康，又道：「今年，由瑞士來的專家，替卓先生檢查身體，甚至開玩笑似地說，聽說中國歷史上，有一個皇帝，曾經不惜一切代價，要去尋找長生不老靈藥，這個皇帝後來是不是找到，我不知道，可是卓先生看你的情形，真像是服了長生不老藥，那真是人類生命史上的奇蹟。」

我悶哼了一聲，卓長根這老頭子的身體好，那是絕無疑問的事，那專家自然是在開玩笑，什麼長生不老藥！

鮑士方繼續道：「卓先生當時就笑，告訴那專家，那個皇帝，是秦始皇，後來死了，不到五十歲，秦始皇的墓，就在他少年時生活過的牧場附近。」

當他講到這裏的時候，我先想起的，是那個記者所作的報道，前面曾提到過。然後，我心中陡然一動，不由自主，挺直了一下身子。突然有了靈感，捕捉到了一些什麼。每當我突然之間想到什麼時，我都會有同樣的神情，白素自然知道，她同時也知道我想了什麼，她緩緩地說道：「這個設想，你以前未曾想到過吧！」

我還在作進一步的思索，隨口應道：「真的沒有，他們……去的地方……是……進入了……」

鮑士方極機靈，在那一剎間，他也震動了一下，脱口道：「衛先生，你想到了什麼？他……他們是進了……」

或許是由於這個設想太匪夷所思了，所以他雖然想到了，卻也難以講出口來。

我用力搖着頭：「不，不怎麼可能……我是想說，想說……」

由於我想到的念頭，實在太古怪，所以不禁口吃，那種情形，令白素笑了起來：「其實也沒有什麼，再怪誕的事，我們也經歷過，很有可能，在那片草地上的失蹤者，是進入了秦始皇的陵墓。」

她講了出來，我們都保持了一會沉默。白素轉向我問：「為什麼你又想否定？」

我吸了一口氣：「已經被發現的秦始皇陵墓，和馬氏牧場雖然相當近，但……是如果說能由那片草地進入，也太不可思議。」

白素想了片刻：「據最近的資料，秦始皇陵墓，在地下建築的面積，達到五十六平方公里，是地球上最大的地下皇城，實際上，可能還要大，而如今已被發掘出來的，只是這巨大的地下皇城的極小部分。其餘部分未曾開掘的原因是由於地下建築工程的結構，實在太複雜，複雜到了不知有多少不可測的因素，所以不敢輕舉妄動。可能地下建築的面積，遠不止五十六平方公里，而是好幾百平方公里。」

我苦笑了一下：「你強調這組地下宮殿的巨大和複雜，我明白你的意思，你是想說明，人若是誤闖了進去，可能會有相當長的一段時間出不來。」

白素靜了一會：「是，我的確是想說明這一點，不過再想一想，可能性實在不大，馬金花失蹤了五年之久，她如何生活呢？這其中，一定還有我們想不通的主要關鍵在。」

鮑士方顯得十分激動，來回走着：「真的，我從來也沒想到過……秦始皇的陵墓，真該死，我這就去向有關方面提議，大規模開掘秦始皇陵墓，我們可以提供一切技術和費用，這是人類考古史上最大規模的行動，我們不要任何好處，只求能將卓先生找出來。」

我指着他：「你必須先肯定他是在地下皇城之中。」

鮑士方道：「我不能肯定，可是這是我唯一未曾找過的地方，只要我們肯定人不會在空氣中消失，他就一定有地方去……那是唯一沒有找過的地方。」

白素倒同意他的見解：「就算要去找他，也不必進行大規模挖掘，那工程太浩大了，沒有十年八年時間，不能完工，我想，一定有一條不為人知的通道，可以通到他們去的地方。」

我不禁笑了起來：「如果卓長根真是到了地下皇城，這種討論才有意義，只是假設——」

白素道：「正如鮑先生所說，那是唯一沒有找過的地方。幾十年之前，卓長根他們找不到馬金花，卓長根父親突然消失，都可以說明，有一條通道，可以通往他們要去的地方。」

我道：「好，這條通道，如果是屬於秦始皇地下陵墓的一部分，那一定隱蔽之極，那一帶方圓千里，怎麼把它找出來？」

白素手指在几上輕輕地敲着：「我想範圍可以縮小，就在那片草地上找。」

鮑士方十分肯定地道：「我找過了，不可能有人找得比我更徹底。」我和白素沒有立時表示意見，那片草地……當年，馬金花突然又出現的情形，十分有力地說明：她在那片草地，不知什麼地方，突然冒出來的。

可是，鮑士方卻用了那麼徹底的方法，研究過那片草地而沒有發現。

我和白素，翻來覆去地看着那些照片，陡然之間，我思緒一亮，抬起頭來：「我們要找一樣東西，譬如說，要在這茶几的範圍內找一樣東西——」

我說着，打開了一隻煙盒，繼續道：「首先，在這個煙盒中找，把盒中的煙全取出來之後，盒子空了，沒有要找的東西，再把煙放回去，繼續在別的地方找，絕不會再在那盒子中去找了，是不是？」

鮑士方張大口看着我，白素已然道：「對了，還是在那個洞穴之中。」

鮑士方搖頭：「洞穴中所有石板都移開來看過，沒有什麼通道。」

我道：「有沒有向下掘過？」

鮑士方又張大了口，一看到他那種發呆的樣子，就知道他未曾向下挖掘過。我用力揮了揮手：「鮑先生，設計這個通道的人，是一個偉大的心理學家，他故意在出入口處建造一個洞穴，洞穴被人發現了，人人都會把洞穴中的石板撬起來，可是沒有發現之後，就不會再對之加以任何注意——人都有這種自信，相信自己看到的事實，卻不知道，有更多的事實真相，是隱藏在看得見的事實背面的。」

鮑士方大聲叫起來：「我這就叫他們去掘。」

我阻止了他：「我看，這件事，還有進一步的詭秘之處，不太適宜大規模行動，而且，那只不過是我們的假設——你剛才說，你在那地區，有充分的活動自由？」

鮑士方立時點頭：「是，我們三個人如果要在那個洞穴中掘下去，掘上一年半載，也不會有人來干涉。卓先生答應的各項捐助已經開始實行，所有的人都在忙着看自己能得到什麼好處。唉，人要是窮得久了，有時會連自尊心都窮掉。」

我和白素互望了一眼之後才道：「那好，我想這件事，就是我們三個人之間的秘密。我們立即啟程，你——」

鮑士方接上去道：「我吩咐直升機在最近的機場接，就可以最快到達。」

整個旅程，大約十二小時，我們登上直升機，鮑士方向我介紹那駕駛員，看起來，駕駛員是一位級別不低的空軍人員。這位仁兄的駕駛技術不是十分高明，他駕機經過幾個山峰之間，甚至不懂得如何利用上升氣流。

直升機在馬氏牧場降落，馬氏牧場的情形，倒真令得我大吃了一驚，到處都堆着各種各樣的建築器材，正在大興土木，鮑士方的解釋是：「未來的畜牧學校，就選中了這裏，建築工程十分龐大，費用也驚人，會有一個專門的車隊來運輸。不要以為這一百多天中，我們只是找卓先生，沒有做別的事。」

我由衷佩服：「進行得如此之快，你們大企業的組織和工作能力，一定叫有些人大開眼界了？」

鮑士方呵呵笑了起來：「可不是？要是照他們的辦法，三個月，還不夠開會和睡午覺。」

我也不禁被他的話逗得笑了起來，鮑士方又指着在工作的很多人：「凡是當地僱請的所有人員，一律照比標準多三倍的工資僱請，條件是可以因為偷懶而開除，這辦法十分有效。」

我嘆了一聲：「這本來是全世界一直在奉行着的辦法，在這裏卻變成了新鮮事。」

說着，我們進了一幢建築物，鮑士方問我要不要看一下我的房間，我道：「我想，弄一個帳幕到那片草地上去比較好，而且立刻就去。」

他答應了，吩咐人去準備車子和一切。這時，正是黃昏時分，我和白素並肩站着，風吹上來，有刺骨的寒冷和蕭瑟。在晚霞之中，望着遠處起伏的山影，遼闊的平原，氣勢十分雄壯蒼茫，看到了這樣的景色，才知道歷來文人，為什麼喜歡在「大地」之上，加上「蒼茫」兩個字。

由於外來的人相當多，所以也沒有什麼人注意我和白素，我想像着七十多年前，馬金花策着她那匹名叫小白龍的白馬，疾如旋風般馳騁，想到她帶着人，和土匪拚命，怎麼也無法把一個世界著名的漢學家，與之聯繫在一起。

我輕輕碰了一下白素：「馬教授在未曾失蹤之前，若是叫她想像日後會在世界各地著名的大學中教學，只怕怎麼也無法想像，一個人一生中變化之大，只怕很少人比得上她。」

白素頷首表示同意：「她……選擇了漢學，會不會那五年之中，她在秦始皇的陵墓之中，接觸到了許多古籍？所以才有那麼多獨特的見解，和指出因為年代久遠，對古史古文學由於手抄得太多而來的謬誤。」

我「呵」地一聲：「那可不得了，這些古籍，全是刻在竹子上的？那是第一手的資料，近代怕只有她一人看到過，如果真是如此，她為什麼不帶一點出來?為什麼不設法將之全取出來?」

白素搖了搖頭，一陣寒風吹來，她向我靠了靠：「畢竟她是不是真的到過秦始皇陵墓，也還只是猜測。」

我緩緩地道：「這個猜測，很快就可以證實。」

這時候，鮑士方過來低聲問：「要帶多少人?」

我道：「通道固然隱蔽，但是也不會太難出入，我想最好不要帶人，就我們三個人去。」

鮑士方的神情，顯得相當緊張，他走了開去，沒有多久駕車過來：「一切全準備好了!」

他駕的是一輛中型吉普車，我們上了車，他一開始就把車子開得十分快，又根本沒有路，有時高低不平的地面，可以令得車子彈起一公尺以上。

這時，天色已迅速黑了，鮑士方對這一帶的地形，已十分熟悉，照他自己的說法是：方圓一百公里，他幾乎沒有把每一寸土地都翻起來看!

超過一百公里時速的行車，也要將近兩小時，才能到達那片草地，當車子停下時，「草地」和想像中全然不同，因為所有的草全被割去，新的還沒有長出來，在車頭燈照耀下，看到的是一片比其他地方略為高出一點的一片光禿禿的土地，面積相當大。

車子停下來的地方，不到十公尺處，就是那九塊石板，我性急，一躍下車，一面叫道：「鮑士方，你把應用工具弄下來，先亮起了射燈。」

鮑士方大聲答應着，我奔到石板之前，由於石板上有着許多圓孔，所以我輕而易舉，就可以用手指勾住圓孔，提起其中的一塊。

支好了射燈，大放光明，我和白素已經把九塊石板，一起弄開，那洞穴就在眼前了。

馬教授的靈柩在洞穴中，我跳下去，利用繩索，繞住了靈柩，鮑士方在上面用一架小型起重機，把靈柩吊起來，放在洞穴的旁邊，然後，他也跳了下來。

這時候，在射燈的照耀之下，洞穴又不是很大，洞穴中的情形，看得再清楚也沒有，就算有一隻螞蟻經過，都逃不脫我們的視線，如果有通道的話，一定可以發現。我和鮑士方吸了一口氣，神情都不免有點緊張。白素站在洞穴邊上，將兩柄尖嘴鏟子遞給了我們。

我接鏟在手：「秦始皇陵墓，是如何建成的，歷史上資料不多，只知道是驅使了數十萬囚徒，日以繼夜開工而建，墓內的情形如何，也全然沒有記載，得知陵墓情形的人，全叫驅進墓中去殉葬了。」

鮑士方吸了一口氣：「倒也不是全無記載——」

我搖着頭：「我不認為那些記載可靠。如果那些記載是真的話，那麼從現在開始，我們的行動，每一秒鐘都會充滿了不可測的危險。」

鮑士方的臉色變了變：「那……你不是要臨……陣退縮吧。」

我哈哈笑了起來，自覺意氣甚豪：「當然不是，不過，當年窮百萬人之力建成的陵墓，憑我們三個人的力量，要是可以找到通道進去，那實在十分偉大。」

在這時候，我不由自主，想起了世界上三個最偉大的盜墓人來，這三個人之中，只有齊白還在，本來應該把他一起找來的，可是這個人行蹤飄忽，根本不知他在何處，又如何去找他？

而這時，我並不想掩飾，我心中大有快意。因為根據歷史上的記載，秦始皇為了怕在他死後，有人進入他的陵墓，所以整個陵墓設計的重點，就放在防人侵入這一方面，陵墓內究竟有多少殺人的陷阱和機關，自然沒有人知道，但步步驚魂，那是一定的事。

少量的歷史資料說，秦始皇在下葬時，熔化了大量的銅，把熔了的銅汁灌進墓穴去，一則可以防止有人進入，也可以使熔化了的銅汁，滲進地下的隙縫，以防地下水的滲進。

又說在龐大的陵墓之中，各處都有自動可以發射的強弓，一有人接近，就會發射，而且箭鏃上都染有劇毒。這種機械裝置的詳情如何，也不得而知。

而最驚人的記載是，在整個地下皇陵之中，有模仿大地的江河，在江河中流的不是水，而是水銀，據說，水銀的流動性強，就不斷在那些地下「江河」中流動。又據說，在陵墓的頂上，有着日月星辰的排列。

我剛才說這些記載的資料，大都不可靠，自然不是說陵墓在地下的規模不會有那麼大，而是說一定有很多地方是被誇大了的。例如，挖掘建造河流，用水銀來當水，當時何來那麼多水銀？

雖然水銀是早已被提煉出來的元素之一。在秦代，已經相當普遍，作方士、術士煉丹之用。

以當時的化工技術而論，怎麼煉，也不可能煉出那麼多的水銀來。或許那只是陵墓之中，利用了水銀的某些特性，作為某些機械動力裝置，數量自然相當多，這才造成了這樣的誤傳。

在秦始皇陵墓已被發掘出來的極少部分來看，其中陪葬的俑極多，有大量的兵馬俑，甚至和真人一樣大小，石或陶製，這一批已被發掘出來，作為陪葬之用的俑，堪稱是歷史之最。

而活着的人，被驅進陵墓中，作為陪葬的俑，更不知有多少，包括了嬪妃、侍從，建造陵墓的工匠等等各種不同的人。

一個有地位的人死了之後，要用若干活人來陪葬，這是一種極其野蠻的制度。孔子一向少罵人，也曾說過「始作俑者，其無後乎」這樣激動的話，來譴責俑這種制度。

俑，在最初全是活人，後來漸漸進步，才用陶製的人來殉葬，在秦始皇時代，是俑由活人變成假人的轉變，秦始皇殘忍，他的陵墓中有大量活俑殉葬，也不是什麼奇事。

我忽然想到了許多和秦始皇陵墓有關的事，實在是因為我們將要做的事，既然有可能與之有關，在行事之前，當然要詳細考慮。

如今，我們都假定，在這個洞穴之下，有一條秘道可以通向巨大的地下陵墓，這條通道如果存在，當然不是正式的通道，而是許多秘密通道之一，防範有人侵入的程度，也一定更嚴密。

當時鮑士方一定也和我有同樣的想法，所以我們都在那洞穴之中，呆立了片刻。鮑士方才道：「至少，把洞穴底部的石板弄起來，沒有危險，我已這樣做過了。」

第八部

秘道現身千載古人

我搓了搓手，先把一邊的石板弄下來，由白素在上邊操作起重機，將之吊上去。然後，再把洞穴下面的石板，也弄了上去。

石板下面就是泥土，我和鮑士方兩人互望了一眼，就開始挖掘。泥土相當潤濕，挖起來也不是十分困難，向下挖了將近有半公尺，還什麼都沒有發現，我停了下來，抹着汗：「不必浪費時間了，這下面不會有什麼秘道。」

鮑士方聽了我的話，愕然望着我，白素已道：「這句話我早就想說了。」

鮑士方大聲道：「為什麼？我們的設想是——」

我用力拋下了鏟子，打斷了他的話頭：「我們已掘了多少泥土出來？什麼都沒有發現，設計這座巨大地下城的人，可以說是建築學上的奇才，他怎會那麼笨？把秘道的出入口弄得那麼困難才能進出？」

鮑士方經我一解釋，也頹然放下了鏟子。我嘆了一聲：「而且，在卓先生失蹤、馬金花失蹤時，誰見到有泥土被掘起來？」

鮑士方呆了一呆，神情苦澀，乾笑了幾下：「那怎麼辦？又……白費精神了。」

我懊喪之極：「非但浪費時間，而且還驚動了馬教授的靈柩。」

我說着，已從那洞穴中攀了出來，鮑士方看來還不肯死心，但是已向下挖掘了半公尺深，什麼也沒有發現，實在是不可能再有進展。他只好上來，搓着手：「要不要把掘出來的土填回去？」

我的思緒十分亂，這時，我也想到，我們在萬里之外所作的假設，實在是太輕率了，難怪根據假設而作的行動，一點結果也沒有。

可是，我在自己否定自己的同時，卻又實在十分不服氣，因為除了這個假設，根本無法對馬金花、卓長根先後神秘失蹤，再作任何推測。

站在那洞穴邊上，呆立了相當久，我才轉過身，對着馬金花的靈柩，嘆了一聲：「真佩服你，居然可以把一個秘密留存在心中幾十年之久，直到臨死之前才說出來。」

我這樣說，當然沒有意義，馬金花早就死了，絕聽不到我在說什麼，可是在一旁的白素，一聽得我這樣講，立時道：「等一等。」

她一面說着，一面做了一個手勢，蹙着眉：「馬金花和卓長根臨死之前相見、爭吵，完全是偶然發生的。」

我想了一想：「是，至少馬金花不知道卓長根會去看她，所以，她要告訴卓長根的話，只是寫在遺囑之中。」

白素長長吁了一口氣：「她要卓長根把她葬在這裏，而不說其他，一定是預料到卓長根在葬她的時候，會有所發現，會知道她神秘失蹤的秘密。」

鮑士方苦笑：「根據推理，這洞穴中一定有古怪，可是我們——」

我忽然之間焦躁起來，瞪着他，粗聲道：「我們既然已經來了，就把事情交給我們，你去忙你的吧，別來打擾我們。」

鮑士方漲紅了臉，也瞪了我半天，我指着車子：「你可以把車子開走，把露營的一切留下來。」

鮑士方勉力忍着怒意：「好，如果你認為我還有用處的話，我還會來。明天……我再派人給你送車子來，或許你要到處看看。」

我點了點頭，鮑士方用力把車子上的東西往下卸，我也不去幫他，和白素兩人，漫步向外走去。白素問：「為什麼要把他趕走？」

我搖着頭：「我連自己都說不出來，我只是感到，這件事那麼詭異，愈少人參加愈好，人愈少，可能愈容易知道真相。」

白素沒有說什麼，我回頭看了一下，鮑士方已經把所有東西都搬了下來，我大聲道：「我會搭營帳，你管你走吧。」

鮑士方的心情可能十分憤怒，一聲不出，上了車，疾駛而去。

他走了之後，我就開始搭營帳，曠野中的寒風相當凜冽，厚厚的營帳看來也擋不住風，還好，有極佳的鴨絨睡袋，我和白素生起了一堆火，烤了一點食物，煮了一壺濃咖啡，在這樣的環境之下，忽然露起營來，這真是奇特之極。

當我們分別鑽進睡袋，躺下來之際，白素忽然道：「漢字的結構，相當有趣，昆蟲轉化過程中有一個階段叫『蛹』，我們現在的情形，就有點像昆蟲的蛹，自己把自己包了起來。而殉葬的人叫『俑』，那自然指他們活生生地被驅進了墓穴，從此被黑暗和死亡所包圍之故……那真是十分悲慘的事情。」

我很有同感：「是啊，不過這種事，早已過去了。很多人發思古之幽情，總是說古代比現代好，其實，人類文明進展雖然慢，但總是在不斷進步之中。」

營帳外寒風呼號，營帳內我和白素天南地北說着，倒也其樂融融。

第二天很早就醒來，我看着還在露天的靈柩：「先把靈柩放回去吧。」

白素點頭表示同意，我們就開始工作，才把挖出來的土填平，鮑士方就來了，道：「我不知道你們準備在這裏耽擱多久，所以給你們帶了更多東西來。還有一大桶汽油，足夠你們駕車在方圓數百里兜圈子。」

我拍了拍他的肩：「謝謝。」

他苦笑了一下，走向車子：「只要有希望可以找到卓先生——」

他沒有再說下去，其實不必說，也可以知道他的心意。這個人對卓長根，真是忠心得可以，這種情操，很令人佩服。

這一天，我和白素就駕着車，在廣寬無際的原野上，漫無目的地漫遊。

在卓長根的叙述之中，對這一帶已經有一定的概念，這種漫遊，有一種親身進入了故事境界的奇妙感覺。大地山河，亙古不變，可是曾在這裏生活過、出現過的人，卻早已更換了不知多少。

一直到傍晚時分，我們才回到了那片草地上，當天色黑下來時，我又生起了一堆篝火。

在這裏，一切全像與世隔絕，沒有人來理會我們，只有鮑士方，每隔一天來看我們一次，一直到十天之後的一個晚上，在篝火旁，我和白素互望着，我道：「我們總不能一直在這裏這樣過日子。」

白素嘆了一聲：「當然，我看……明天我們也應該離去了，沒有結果，什麼也沒有發現。」我心情十分苦澀，把一些樹枝拗斷，一截一截，拋進火中。

我說：「看來，只好承認他們是給外星人擄走了。」

白素沒有說什麼，我向外看去，四野一片黑暗，只有我們一堆篝火在黑暗之中，我和白素並肩坐着，面對着火，背着風，使火堆冒出來的煙，不至吹向我們。而在我們的身後，就是帳幕，可以把寒風擋去不少。

我詳細地敘述當時的環境，是有道理的，由於我們背風，所以，在我們背後，有了聲響，也就容易覺察得到。

在十天之中，我們作了種種揣測，一點結果也沒有，兩個人都不是如何想說話，所以，身後突然有聲響傳來，就特別容易警覺。那一下聲響，一聽就知道，是有東西踏在刈短了的枯草上的聲響。

白素立時坐直身子，向我望來，我道：「有人？」

我一面說，一面已經轉過頭去，一轉過頭去，我整個人都呆住了。

就在我們身後不遠，在營帳之旁，有一個身形高大的人站着，火光映在那人的臉上，這張臉，再熟悉也沒有，他媽的，他就是卓長根。

我在一呆之下，立時就想跳起來，可是白素卻緊握住了我的手，用極低的聲音道：「別衝動，不要再被他消失。」

我吞了一口口水，這時，卓長根已哈哈大笑了起來，用他那宏亮的嗓音道：「你們這兩個小娃子，我真是服了你們。你們準備在這裏過一輩子？」

這時，我思緒之紊亂，心中疑問之多，真是可想而知，這實在是太突然了，卓長根突然出現，這真不知道叫人說什麼才好。

白素自然和我一樣震驚，我們兩人甚至緊握着手，而感到對方的手心在直冒汗。

我在震呆之餘，總算還來得及向那九塊石板看了一下，石板卻並沒有異狀，千百個疑問，歸成一個，就是：卓長根是從哪裏冒出來的？

正當我要把這句話問出口時，白素已經先開了口，她的語調居然十分輕鬆：「卓老爺子，全世界再也沒有人比你玩捉迷藏玩得更好的了。」

卓長根卻像是一點也不知道他突然失蹤的神秘性和嚴重性，「呵呵」笑着，向我們走了過來，來到了火堆旁，坐了下來，雙手抱膝，神情悠然自得：「他們一直在找我，終於驚動了你們，是不是？」

我悶哼了一聲，沒有回答，白素卻笑嘻嘻地道：「是啊，我們也不知道如何找你，可是憑推測，卻知道你是在什麼地方消失的，所以我們準備用一個又古老又笨的辦法，叫作『守株——』」

白素講到這裏，突然停了下來，用一種十分調皮的神情望着卓長根。

卓長根揚起手來，作了一個要打白素的手勢，笑罵道：「小女娃，你倒會拐彎兒罵人，罵我是兔子？」

白素笑道：「不敢，不過這辦法倒還管用。」

看他們兩個人，在這樣神秘古怪的事前，還像是若無其事一樣地笑談，言不及義，我真忍無可忍。可是每當我一有要開口的樣子，白素立時就用各種方法阻止我開口，包括瞪我、推我、拉我在內。

卓長根大搖其頭：「沒有用，我什麼都不會說，我只不過不想你們在這裏再浪費時間，所以才現身，勸你們快離開。」

我又想說話，這一次，白素是在我手臂上，重重地扭了一下。

白素笑着：「我們不必要你說什麼，從現在起，我們兩個，不會一起眨眼，不論多久，不會使自己的視線離開你。卓老爺子，不管你有什麼花樣，只管要出來好了，而且，不單是我們兩個，天亮了，鮑士方會來，我想他一定會派一百多人，二十四小時日夜不停地看着你。」

卓長根一面聽，一面眨着眼，神情又是生氣，又是惱怒，又是無可奈何。

白素繼續道：「除非你會隱身法，或者你有在我們眼前消失的本領，不然，你就得留下來，不能再到你要去的地方，或者，去了之後，就給我們知道你上什麼地方去了。」

白素講到這裏，卓長根的神情，更是懊喪和無奈，伸手在他的禿頂上摸撫着，他晶亮的禿頭在火光的閃映下，閃出一層紅光。

這時我已經完全知道白素的用意了。

卓長根為了要勸我們離開而突然現身，在他而言是一片好心，可是，他只要一現身，再要消失，真是除非他會隱身法，不然，他的秘密就必然無法保存。

我佩服白素有這樣的處事方法，因為剛才他的出現，給我們的震驚是如此之甚，局面完全在他的控制之下，可是這時，卻突然扭轉了過來。

我不禁「哈哈」大笑：「卓老爺子，你看着辦吧，趁現在只有我們兩個人，事情還好辦一些，若是人一多，你要麻煩了。」

卓長根神情十分惱怒：「我是一片好心——」

我和白素作了一副不愛聽，又悠然的樣子來，那更令得他生氣，他怒道：「我離開一陣子，有什麼大不了，等我厭了，想出來的時候，自然會出來。」

我實在想問他是從什麼地方出來的，但還是硬生生忍了下來。

因為明知問了他也不會說，還是忍上一陣子，等他自己自動說出來的好。

卓長根眼見我們不理他，不知如何才好，好幾次，看他的動作，像是站起來想有所行動，但是卻又忍了下去。

我和白素兩人之間的默契十分好，我們不住地說着他失蹤了之後，怎麼搜尋他的經過。最後，漸漸說到了我們的假設，提到了秦始皇的地下皇城。

卓長根的神色，在那一剎間，變得十分陰晴不定。他的這種神情，在某種程度上，證明我們的設想，有可能是真的。

我又故意道：「其實在我的經歷之中，如今這種情形，真不算什麼。」

卓長根是什麼樣脾氣的人，我早已摸熟了，明知他對我這句話一定會有反應的，果然，他立時間哼了一聲。我又道：「也只有一種年紀大又沒有什麼見識的人，才會故作神秘。」

卓長根再悶哼一聲，瞪着眼：「小娃子，你從出生起就想，想破了你的腦袋，再想八十年，也不會想到究竟是怎麼一回事。」

我「嘖嘖」連聲：「這倒真是奇事，不過嚇不倒我，大不了是有一處地方可以躲藏，來去那個地方的通道，也遲早會找到。」

卓長根在聽得我這樣說之後，震動了一下，我又向白素道：「其實，當我們在律師那裏知道了馬教授那份秘密遺囑的內容時，就該知道——」

我講到這裏，故意停了一停，卓長根就在那時，向那九塊石板，望了一眼。

我和白素都可以幾乎肯定，還是那九塊石板下的洞穴有古怪，可是為什麼我們一直找不出秘密的所在呢？

剎那之間，我們都靜下心來，但並沒有靜了多久，白素陡然一挺身，我則整個人都彈了起來，叫道：「知道了，我全知道了。」

卓長根一副心虛莫名的樣子，可是卻還在口硬：「知道什麼，你根本什麼也不知道。」

我不去睬他，只是和白素說話：「真聰明，鮑士方把穴中的石板弄起來，什麼也沒有做，就把石板鋪回去了！」

白素道：「是啊，我們也把石板弄了起來，可是只是向下面掘，以為若是有通道的話，通道一定是在下面。」

我用力一拍手：「對啊，誰都會這樣想，不會有人想到，洞穴一共有五面，除了下面的那一面之外，另外四面，都可以作為暗道的入口，這真是聰明之極的設計，誰會在失敗了兩次之後，再在那裏動腦筋呢？」

白素笑道：「要不是卓老爺子望着那九塊石板時的神情那麼異樣，我們也不會再去想那一個洞穴——」

白素才講到這裏，卓長根已經大喝了起來：「住口！」

卓長根呼喝聲如此驚人，我們一起向他看去，更是吃驚。只見他滿臉通紅，額上青筋綻起老高，汗珠一顆顆滲出來，激動憤怒之極。

我和白素就是想把他激怒，可是他竟然怒到了這個程度，實在出乎我們的意料之外，一時之間，我們倒不知說什麼才好了。

他一直盯着我們，一面不斷一拳又一拳，打在地上，藉此發泄他心中的怒意。過了好一會，他的神情，才漸漸恢復平靜。

他大口大口喘着氣，白素這時才敢出聲，她由衷地道：「卓老爺子，對不起。」

卓長根雙手掩着臉，在火光的掩映下，可以看到他粗大的手，在劇烈發着抖，他並不移開手，用一種近乎嗚咽的聲音道：「兩位小娃子，我老頭子一輩不求人……現在要求你們一件事。」

白素道：「只管說，只管說。」

卓長根慢慢放下手來，嘆了一聲，神情十分難過，也仍有幾分生氣，一副不服氣，不願意，但是又不得不做的樣子。

他凝視着火堆上冒起的火苗：「要不是我為你們現身，你們在這裏住上三五年也找不到我。」

這一點，我倒同意：「是，在向下挖下去沒有發現，雖然最簡單的答案放在那裏，也不容易再去想它。」

卓長根悶哼了一聲，揮了揮他的大手：「這別去說它了，我求你們一件事，這就走，別再理我，以後也別再來，再也別對任何人，包括小白在內，提起這件事。」

我和白素互望着，一時之間，實在不知如何下決定才好。

我們要答應他的要求，看起來很容易，一走就行，可是，這些日子來，存在心中的疑問，也將永遠存下去了。

我想拒絕，可是看他這時那種神情，想起他已經是九十多歲的老人，一生為人這樣強項，當年為了一言不合，可以對自己心愛的人互不交談，如今卻這樣對我們苦苦哀求，真是不忍心去拒絕他。

我幾次想要不答應，都實在說不出口，卓長根簡直是在哀求了：「小衛，你剛才說，一生之中經歷過不少奇事，放過一樁，算得了什麼？」

我苦笑道：「老爺子，你剛才不該說我一生中經歷的奇事，加起來也不如這件。」

他一聽得我這樣說，一反手，陡然重重地在他自己的頭上敲了一下，發出「卜」的一下聲響來，被敲中的地方，也立時紅了起來，他語帶哭音：「算我放屁，好不好？放過我，好不好？」

我驚呆得說不出話來，白素已經一疊聲地道：「好，好，老爺子，好，好！」

卓長根望了我們一眼，緩緩吁了口氣：「我知道，要你們答應，是難為了你們，可是……這件事，實在不能說……當年金花不說，我還曾怪她……不過那真不能說！」

我苦笑着，擺了擺手：「行了，既然我們已經答應了，就一定會做得到。」

這時，卓長根面對火堆而坐，我和白素都面對着他，我講完那兩句話，看到那九塊石板中的一塊，忽然像是洞穴中有什麼力量在向外頂，一下子就頂了開來。

白素一定也看到了，因為我覺得她冰冷的手，握住了我的手。

而卓長根背對着，並沒有看到。

在那一剎間，我的手也冰冷。

卓長根的失蹤，和馬金花當年的失蹤一樣，他們進入了一處神秘的所在。這個所在，據推測，是人類有史以來最龐大的地下建築工程：秦始皇的地下宮陵。而進出這個神秘所在的出入口，我們也可以知道，就在那個洞穴之中。

然而，即使這一切得到了證實，在卓長根出來之後，蓋住那個洞穴的石板，又被頂了開來，還是令人驚駭之極。

頂開石板，想離開洞穴的是什麼人？難道馬金花沒有死嗎？還是復活了？

卓長根本來看不到他背後的情形，但是由於我和白素，盯着他背後，神情太怪異了，使他知道在他背後，一定有什麼事發生了，所以，卓長根也立時轉過了頭去。

就在他轉過頭去之時，一人已從頂開的石板中，長身而出，用足尖勾着石板，輕輕放下。

那人站直了身子，看起來是一個十分英武的中年人，身形也相當高大。我一見這個人，心中就有一種感覺：這個人我應該認識的，可是我卻又實在並不認識他，在我的記憶中，我未曾見過這個人，而就在這時，卓長根已經站了起來，叫：「爹，你怎麼出來了？」

卓長根一句那麼尋常的話，聽在我的耳中，當真像是遭了雷殛。白素一定也震動得可以，她不由自主，發出了一下低吟聲。

卓長根的聲音宏亮，他那句話，尤其是他對那個人的稱呼，我聽得清清楚楚，絕對不可能弄錯，可是我又實實在在，無法想像。

卓長根稱呼那人是：爹！

難怪我一見到那個人，就有「似曾相識」的感覺。我早在卓長根的叙述中，認識了他，他就是當年帶着小卓長根，到馬氏牧場去，把孩子託給了馬場主，然後神秘消失的那人。

他，就是事後不但不知道到了哪裏，連他是從何而來也查不出來的卓大叔。

這個神秘人物卓大叔是一個極優秀的牧馬高手，他是卓長根的父親。

卓長根今年已經九十多歲，可是卓大叔看起來，只是一個中年人，他應該有多少歲了？至少應該超過一百二十歲了吧？他……他如何能一直維持這樣子？

剎那之間，我的思緒紊亂之極，想到了許多以往我曾經歷過的事，想到了賈玉珍，那個得到了神仙修煉法的神仙，也想到了可以突破時間，在時間中自由來去的王居風和高彩虹，甚至於多年前的藍血人方天，眼前這個卓大叔，是不是也是其中的一類？

由於各種各樣的想法和疑惑，一起湧了上來，所以一時之間，我根本開不了口。

就在這時，卓長根的神情十分焦急，向他父親迎了上去，緊張得連聲音也不大相同：「爹，你怎麼出來了？你一出來……你一給他們看到……秘密就守不住了，這可怎麼好，這可怎麼好。」

他急得連連搓手，雖然他的外形看來極老，但是神態動作，完全像一個手足無措的小孩子，而且，那個看來年紀比他輕了不知多少的卓大叔，也真的把他當小孩子一樣，撫摸着他的光頭。

（這是一種十分滑稽，也十分令人駭異的情景。）

卓大叔在卓長根的光頭上輕輕拍着，向我和白素，望了過來。我不知道白素的反應如何，我自己真是呆若木雞，連想向他微笑一下，打個招呼，都在所不能，面部的肌肉，僵硬得如同石塊。

卓大叔道：「孩子，你不必擔心，我聽你說起過他們，這幾天來，他們的談話，我們也聽了大半，我想，他們可以守得住秘密。」

卓長根神情仍然着急：「爹，你這樣想，別人呢？」

卓大叔側頭想了一想：「我會叫所有人相信，他們可以守得住秘密……而且，我還有用意……我會有事要他們幫助。」

卓長根急得搔耳撓腮，頓足不已，一面自怨自艾：「全是我不好，由得這兩個小娃在這裏三年五載好了，偏偏沉不住氣，真不中用。」

卓大叔瞪了他一眼，卓長根現出一副被責備的神情，卓大叔向我們走了過來，一直到他來到我們的面前，我才迸出了兩個字來：「你……好！」

卓大叔笑着，向我們拱了拱手，在我身邊的白素，吁了一口氣，細聲道：「真想不到。」

卓大叔笑了一下，跟着白素道：「是的，真想不到，兩位在我這裏聽到、看到的事，世上沒有人會想到。」

卓長根走了過來，又發了急：「看到？爹，你還準備帶他們去看麼？」

卓大叔道：「是啊，不帶他們去看一下，他們怎麼會相信？」

卓長根張大了口，合不攏來，卓大叔望着他：「我自有主意，你別害怕。」

卓長根望着我，仍是一副不相信的神色：「爹，這小娃子十分邪門，事情到了他手裏，他一定要尋根究底，非弄個明白不可。」

卓大叔笑了起來：「是啊，就讓他弄個明白，不然，我們反倒要終日提心吊膽。」

他們兩父子商量着，我這時，由於卓大叔出現所帶來的震驚，已經漸漸平復了下來，是以我道：「對啊，什麼全讓我知道，就沒事了，卓老爺子，你就沒有令尊明白這道理。」

卓長根翻着眼，給我氣得講不出話來。

卓大叔笑了笑，轉向我：「我的名字是卓齒，其實我沒有姓，那時，平民大都沒有姓氏，我是專管軍馬的，大王給我的任命是統管天下軍馬——」

卓大叔——卓齒才講到這裏，我已經整個人都傻掉了。他說的話，我每一個字都聽得懂，可是加起來，究竟是什麼意思？

我內心之中，隱隱感到，有一件絕無可能的事，就在我的眼前，那實在絕無可能，但是偏偏又是事實！我甚至在隱隱感到了這一點之後，沒有勇氣再向下想下去。

因為我知道若再想下去的話，所得出的結論，將會更令我戰慄、驚駭。的確是這樣，以後發生的事，不可思議到了極點。

當時，可能是由於我和白素的神色實在太難看，卓大叔——卓齒笑了一下：「你們現在……可能不是很懂，不過我會向你們詳細說……不如進去說，怎麼樣？」

我和白素互望了一眼，我發現白素有着一種置身於夢幻中的神情，她向我道：「我們絕想不到的事發生了。」

我道：「是啊……他說的大王……是……是……」

卓齒笑着，卓長根口唇掀動，想說什麼，但是卻沒有發出聲來。

僵持了一會，還是卓齒開了口：「大王，就是嬴政，後來的秦始皇帝。」

我劇烈地震動了一下，同時感到白素的身子搖晃着，向我靠來，像是站不穩。

在聽到了這樣的回答之後，除了這樣的反應之外，實在不可能再有別的反應了。

卓長根望着我們，一副幸災樂禍的樣子：「當金花向我說出經過的時候，你們想，我怎麼會相信她？我當然要和她吵起來！唉，誰知道她經不起吵……」

卓長根講到這裏，又重重在自己的頭上打了幾下，卓齒用愛憐的目光望着他——一有什麼事，就用力打自己的頭，可能是卓長根從小就有的習慣，所以做父親的這時才會用這樣的目光望着他。

我和白素仍然不知說什麼才好，卓齒道：「事情很不可思議？事實上，當初我們也不知道會有這樣的結果，以後會……怎麼樣，也誰都不知道。」

我指着那九塊石板，喉際發出一陣莫名其妙的聲響來。事實上，我不知想發出多少問題，可是卻又一句話也講不出來。

白素顯然也在努力掙扎着想說什麼，可是她的情形，比我好不了多少，我們雙手緊握着，卓長根還是悻然，向我道：「小娃子，你的目的達到了，還等什麼，我爹叫你們進去。」

卓齒忙道：「長根，待人以禮。」

卓長根悶哼一聲：「這兩個小娃子，不知給我惹了多大麻煩。」

卓長根這樣說，令我十分不服，我總算有話可說了：「卓老爺子，別忘了，是你把我們叫到法國去，把當年發生的事告訴我們，要我們幫你解開心中疑團。」

卓長根無話可說，只是苦笑：「早知道疑團解開了之後是這樣子……」

他沒有說下去，這時，卓齒已來到了九塊石板旁邊，我和白素也跟了上去。我勉力鎮定心神，問：「卓……先生……」（我不知稱呼他為什麼才好，他的兒子是「卓老爺子」，只好稱他為卓先生，甚至在先生上加一個「老」字，也沒有意義的，因為他實在太老了。）

我問下去：「卓……先生……你是說，你……一直住在那下面？」

卓齒「嗯」地一聲：「我們一直住在下面，下面天地之廣闊，你絕想不到，大王發囚犯民伕百萬以上，歷二十餘年而建成，宏偉絕倫。」

我忍不住又問：「卓先生……你說你是古人？秦朝時候的人？」

卓齒揚了揚眉，好像是說：那還用問？

我吞了一口口水，又和白素互望了一眼。

一個活生生的，秦朝時候的古人……他的年齡，已超過兩千兩百歲，一直住在龐大的地下皇城之中，聽他剛才的話，和他一樣情形的人，還不止一個。

這種事，要不是如今親臨其境，只有另外一個情形之下，才會說出「相信」兩個字來，那個情形是有人用機關槍指着，說不相信，他就扳動槍機！

卓長根提起一塊石板，卓齒先向下躍去，示意我和白素跟着下去。

我向下躍，像是躍下了一個萬丈深淵，雖然實際上，那只不過是一個一公尺左右深的洞穴。洞穴本來就不是十分大，有了靈柩，再加上四個人，幾乎連轉動的空間也沒有。

將被揭開的石板蓋上，我們都蹲下身子。洞穴中變得十分黑暗，只有石板圓孔之中，約略有微光射進。

卓齒在黑暗之中道：「地下皇城，究竟有多少個秘密出入口，沒有一個人能全知道，建造的工匠互相之間不能通消息，監工和工師，也不能互通消息，我直到如今為止，也不過知道兩處。」

白素「嗯」的一聲：「除了這裏之外，另一處，就是你當年出入的所在。」

卓齒道：「是的。所有的秘密通道，都建造得極其巧妙，剛才你們以為已經知道了通道是在這裏坑穴的一邊，就可以發現了，實則也不然，若不是上面九塊石板全部蓋上，就算發現了入口，也會有一塊巨大的萬斤巨石自下而上，將通道堵住，貿然進入者，非死不可。」

我聽到這裏，不禁機伶伶打了一個寒顫。眼睛已適應了黑暗，已經可以約略看到一些人影。我忽然說了一句：「我有電筒，要不要取出來。」

卓長根悶哼一聲：「你以為我沒有？我來的時候，也是有備而來的。」

卓齒道：「取出來吧。」

卓長根似乎有點不願意我和白素把一切全看在眼裏，所以猶豫着。卓齒又道：「長根，你不待人以誠，怎能望他人待你以誠？」

卓長根的聲音有點發急：「爹，你是古代人，你不知道現代人的狡猾。」

卓齒道：「我懂的，其實，古代人和現代人，沒有什麼大的分別，反倒是現代人有了種種約束，比古代人要好得多。」

卓長根悶哼了一聲，我就覺得眼前陡然一亮，他已着亮了電筒，在電筒光芒照耀下，我看到卓齒雙手，把坑穴一邊的石板，向下扳了一扳，扳下了四十五度左右。石板被扳下來之後，看到了泥土和草根，這種情形，在鮑士方拍攝的照片上我已看到過。

接下來，我將會極詳細地叙述這個秘密出入口的情形，這可以有助於知道整個地下皇城的建造是如何巧妙，一個出入口尚且如此，其他可想而知。

我和白素互望一眼，思疑着，因為石板被扳下來之後，並未曾現出什麼秘密通道來。

只見卓齒雙手一揚，陡然之間，十指插進了泥土之中，泥土相當濕軟，這一點，我們曾向下挖掘，所以知道。

卓齒雙手插進了泥土中，又向後拉了一下，再用力向下，壓了一壓。

一時之間，我幾乎不相信自己的眼睛。

只見滿是草根的泥土，忽然向下沉了一沉，現出了一個長方形的入口處來，那入口處不過六十公分寬，三十公分高，可供一個體形正常的人塞進去。

令我驚詫的是，長滿草根的泥土，如何會移動，照說雙手一抓之下，應該散開來才是，而且，那個入口處是在石板的上端，距離地面，也不會太深，如果從地面上挖掘下去，應該很容易發現這個入口處！

卓齒並不解釋，只是身子一側，熟練地，雙腳先伸了進去，身子向下滑去，在這時候，他才道：「這管道愈向下愈斜，有鐵索可供援手，不要放手。」

當他講完這句話之後，他整個人已經消失了。

卓長根道：「輪到你們了。」

白素立時也和卓齒一樣，滑進了那入口，接着是我，也進去了之後，雙手就在兩旁，各自抓住了一股鐵索，身子向下滑去，因為手抓着鐵索，所以可以控制向下滑去的速度。

我覺出卓長根也滑了下來，管道的斜度約是六十度，開始的一段極窄，後來，漸漸寬敞，過了大約十分鐘，前面隱約有亮光閃耀，等到我滑出了管道時，才發現自己置身於一個十分寬大的地下室中，地下室的上下四面，全是石塊。

地下室中有着石桌石室，和一個巨大的石臼，在那石臼之中，還有着大半滿的油狀物——看來十分厚膩的一種油，而只有一股燈芯點燃着，微弱的光亮，是由這一股點燃的燈火發出來。

雖然燈火如豆，但是在地下室中，也足可以使人看清楚東西了。

卓長根也滑了下來，這間地下室，看來完全密封，別無出路。

到了這時候，我和白素已經全然無話可說，心裏只想到一個怪問題：古代人既然有這樣高的智慧，何以近代科技直到近代這才發展起來？卓齒的神情十分莊嚴：「你們已經開始進入地下皇城，自築成以來，歷兩千餘年，一共只有四個外人進來過。」

我和白素一起點頭，表示明白我們已開始了一個世上最奇異的遭遇。除了我們兩人之外，還有過同樣奇異經歷的，自然是馬金花和卓長根。

我回頭看了一眼，管道的出口處，並沒有什麼掩蔽。卓齒向上指着：「石板之後，看來一如泥土之處，草根全是真的，但泥土卻是一塊充滿細孔的陶板，可供草根盤虬，絕不易為人覺察。」白素讚嘆地道：「而且，就算石板被移開之後，也只會向下挖掘，如何會想到就在離地面不深處。」

我道：「那有隱蔽的好處，也有不好處，容易被人從地面上挖掘發現。」

卓齒笑了一下：「若從上面發掘，必然觸及機括，整個管道會向下沉，大量鬆軟的泥土會湧過來，再向下掘，也只是泥土。」

我不禁震動了一下，很欣慶我們只向下掘，並沒有向旁邊掘，不然，這個出入口就永遠失去了。

我面色有點陰晴不定，卓齒望着我：「君子之前，凡事明言在先。我雖然相信不會泄露秘密，但兩位離去之後，必然會毀去此處通道，自此再也不會被人發現。」

我口唇掀動了一下，卓齒又道：「至於另一處出入口，我不會告訴你。」

我由衷地道：「自然我不會再多問什麼，我已經心滿意足了。」

卓齒又道：「若是不明就裏，地面上所鋪九塊石板，不曾一起蓋上，而貿然滑入管道，萬千巨石，便自管道升上，將滑行之人壓成肉醬，同時，此處石塊也自動散下，為水所沒，不留痕迹，一樣再也無法進入地下皇城。」

我又不由自主吞了一口口水：「這麼多自動……的設備，動力自何而來？」

卓齒像是有點不知道「動力」是什麼意思，猶豫了一下，白素道：「是什麼在推動一切機關？」

卓齒吸了一口氣。

在這時，我才注意到，在這個地下室中，呼吸一點困難也沒有，空氣的來源不知何自？我感到自己實在是進入了一個近乎夢幻的世界，不可想像、明白的事，實在太多了。

卓齒緩緩地道：「大王統一天下，建造皇宮，曾引二川之水入宮，這是掩人耳目，實際上，二川之水，自河底起築引道，被引入地下，工匠利用水勢，推動巨輪，遂有生生不息，萬世永年之力，只要川水不涸，其力不止。」

我抹了抹手心的汗，是的，唐朝大文學家杜牧在他的「阿房宮賦」中，就有「二川溶溶，流入宮牆」之句，「二川」，大抵不會是渭水這樣的大河，指的多半是渭水的一些支流如灞水之類。在地圖上可以看到那一帶，河水交流，相當之多，這些河流的河水，自然川流不息，不會涸絕的。

經過卓齒這樣的解釋，我和白素不禁由衷地發出讚歎聲來：「真是，阿房宮是地上建築，主要的工程是在地下進行。」

卓齒嘆了一聲：「一直到大王歸天，宮殿並未建成，阿房宮云云，只是後人加上去的名稱，大王本有意名之曰天宮，但未有定論。」聽得他這樣說，我又不禁打了一個寒顫。因為他這樣說，分明是說他和秦始皇贏政，經常見面、交談，這種話，聽了之後，引起的反應，是一種從來也未曾有過的怪異。

我想到說這種話的人，竟是一個秦朝的古人，那種怪異之感，勉強要形容的話，就像是有成千條毛蟲在身上爬行。

卓齒又道：「就算一切順利，到了此間，也不過認為發現了一處地下坑室而已，不會想到和整個地下皇城有關，是秘密出入孔道之一。」

我四面打量了一下：「既然到了這裏，要發現通道，應該不是什麼難事了。」

卓齒一聽得我這樣說，笑了一下：「試找一找。」

我連忙搖手，這個人，他已經活了兩千多年，看起來還一直可以活下去，悠悠歲月，對他來說，根本不算是什麼，我卻浪費不起時間，所以我立時道：「請卓先生帶路，我只是說說。」

卓齒又笑了一下，走向那個巨大的石臼，雙臂環抱，向上一舉。

我一看到他這樣的動作，就呆住了。

就算知道機關是在這個石臼上，任何人都只會去推它，轉它，再也不會想到去把它舉起來的，因為這個石臼，看來足有上萬斤重，就算石臼只是看來是石頭，其實不是，裏面的油，也至少有上千斤了，什麼人會想到把它往上提？而卓齒去提它的時候，我也認為他一定提不起。

可是，看起來，卓齒根本沒有用什麼力，就將石臼提了起來，提高了約有五十公分。石臼被他提起，本來大半滿的油，變成了只有小半滿，同時，面對管道的石牆上，一塊大石向後縮去，現出了甬道來。

看到了這裏，對於古代工匠的匠心，真是無法不佩服。這是什麼樣的設計，又何等不易為人發覺。

大半滿的油，看來在石臼之中，可是只要石臼一向上升起，油就會漏下去，漏下去的油，自然會觸及機括，使得暗門打開。

問題就是，那麼重的石臼，如何提得起來？這時，卓齒已然鬆開了手，石臼仍然維持在被提起的位置，下面有一個石座升了起來，承住了石臼。

卓齒轉過身來，看着我盯着石臼，一副疑惑不解的神情，「呵呵」笑了起來：「這裏，可說是兵行險厄，石臼看來極重，但下有活動底托，只要有兩石之力，就可以提起來了，不明就裏，自然不會去提它。」

白素道：「其實也不甚險，要有兩石之力，不是勇士，哪裏能夠呢？」

卓齒聽了，現出十分高興的神情。在那一剎間，我想笑又不敢笑，真是好話人人要聽，兩千年前的古人，和現代人的心態，完全一樣。

（事後，我對白素說：「看不出你這個滑頭，連古人的馬屁都會拍。」）

（白素道：「我才不是故意阿諛他，兩石之力，就是雙手一提，要有一百二十公斤的力道，這又豈是常人能做到的？」「石」這個度量衡單位，在當時有明文規定，漢書律歷志：三十斤為鈞，四鈞為石。）

第九部

地下宮殿偉大之至

卓齒不但神情高興，而且自己說起自己的威風史來：「當日較力，我天下第七。」

我一時之間，大為好奇，問：「誰天下第一？」

他連想都沒有想：「大將蒙恬。」

我和白素互望着，那種怪異的感覺又來了。這個文武雙全的秦朝大將，曾大敗匈奴，又傳說他改良過毛筆，真正是歷史上的名人，而眼前這個卓齒，和他較過力，打過架。

卓齒在當時軍隊中的地位，當然也十分高，他曾說過他的責任是統管天下軍馬，所有軍隊中要用的馬匹，全是由他統管的。

我不由自主，用力在自己的額上拍了一下，失聲道：「難怪了。」

卓長根瞪了我一眼：「什麼難怪？」

我苦笑了一下：「難怪令尊這樣善於養馬，難怪，養些普通馬匹，對他來說，真是牛刀小試，大才小用之極。」我真是由衷地在稱讚卓齒，卓齒神情看來更高興，指着卓長根：「長根這孩子也不錯，養馬的手段，可以充我副手。」

卓長根像是小孩子受了讚揚一樣，忸怩地笑了起來。

（各位一定要原諒我，自從卓齒一出現之後，要解釋的疑團，不知凡幾。但接着我們開始進入地下皇城，各種匪夷所思，見所未見，連想也想不到的事，實在太多，只好一樣一樣說。諸如卓齒他的情形，如何會忽然離開了陵墓十年，馬金花又是怎麼會進來的等等，都會在以後一一敘出來。）

那個現出來的甬道口，要人彎着身子才能走進去，仍然是卓齒在最前面，我們跟着，彎着身走了不幾步之後，就豁然開朗，再向前走，聽到了水聲，黑暗之中，只聽得水聲愈來愈甚，簡直是洶湧澎湃。卓齒在這時道：「前面是一個大湖，水流極急，傾入湖中，那地方不必去了。你們絕無法遍觀地下皇城，真要如此，需歷時數載——」

我想了一想：「是，不必了。只是剛才，卓先生提及和你一樣的人，還有若干……這些人……我都想見見。」

卓齒道：「自該如此。」

這時，在手電筒的照映之下，經過的全是曲折無比的甬道，我相信那是一個迷宮，如果沒人帶路，迷失其中，只怕一輩子也出不來。

甬道的四壁，全是巨大的石塊，石塊上，刻有淺線條的畫，在經過的甬道兩旁，刻的畫大多是馬，各種各樣姿態的馬，更多的是戰馬，披甲飛馳，栩栩如生。

此間不但是偉大的地底建築，簡直是地底的古代藝術之宮。卓齒對這些盤來盤去的甬道，熟悉之極，毫不猶豫地向前走，我緊跟在他的後面，以便可以更清楚地聽到他的講話。

他在不斷說着：「我在大王歸天之前，和一批部下，自願殉葬——」

我才聽了一句，就嚇了老大一跳，失聲道：「陪葬……這是俑。」

卓齒毫不以為異：「是，王陵之中，有俑無數，天下陶工，窮二十餘年之力，人俑、馬俑，各種宮器，不計其數。」

我忍不住壓低了聲音，問了一句：「活俑呢？」

卓齒遲疑了一下：「我不知確數，只知道我這一部分，一共十人。」

我還想問一句：「全是自願的？」可是這句話在喉際打了一個滾，並沒有問出來。用這樣的話去問一個秦代的古人，那太滑稽了。

在那個時代，有什麼人權可言，管你自願不自願，要你陪葬就陪葬，生葬在秦始皇陵墓中的各種身分的人，只怕數以萬計。

（這時，一個大疑團又再次升起，何以卓齒在陵墓之中，可以活上超過兩千年而不死？看來還活着的，當年那些活俑，還不止他一個，為什麼？那實在難以想像！）

彎曲的甬道，像是永無止境，有時，還需要用各種方法，推開一扇又一扇厚重的石門，卓齒的解釋是：推這些門，每一扇都有一定的步驟，一不小心弄錯了，長弓大矛，一律染有劇毒，立時會飛射而出。他也叫我們放心，說他在黑暗中打開那些門，同樣純熟，決不會有半分差錯。

雖然心中有點發毛，要是叫古代的毒箭射中了，現代人不一定有法子可解，那才叫冤枉之至。但想到卓齒在這裏已過了兩千兩百多年，他的所謂純熟，自然是可信的了。

足足走了超過半小時，又聽到了水聲，不過這次，只是潺潺的水聲，在卓齒又推開了一道石門之後，我和白素，不由自主，「啊」地一聲，叫了起來。

卓長根在我們的身邊道：「真偉大，是不是？」

展現在我們面前的情景，真的，除了「偉大」之外，沒有別的言詞可以形容。

那是一個極大的空間，真的難以想像，在地底之下，會有那麼大的一個空間存在，人完全不感到那是在地下，而像是在真正的空曠地方。

我很難以形容一個明明在地底下，但是卻如此空曠的一處所在，我曾到過許多極大的山洞，但沒有一個山洞，可以給人以寬曠如原野的感覺！

這一大片空間的高度並不是很高，可是在上面，星月夜空，由無數細小的油燈作為照明之用，看起來，真像是在曠野之中看夜空。而地面上，有一道相當寬闊的河流，河水潺潺流過，河水不深，但是極其清澈，可以看到在水下大大小小、各種色澤的鵝卵石。

而更使人感到這個空間像曠野的，是在河流兩旁，雖然實際上沒有青草，可是叫人一看就知道，那是一片草原，是一片水草豐美，最適合放牧的地方，因為在整個空間之中，至少有超過兩百匹的馬。

那些馬，完全和實在的馬一樣大小，牠們神態生動，有的在俯首飲水，有的在地上打滾，有的在追逐，有的在踢蹄，每一匹馬，都有牠不同的神態，一個眼花之下，會以為那些馬全是活的。

那些馬，全是陶製的，每一匹馬的位置，顯然也曾經過藝術的精心安排，疏密有致，一點也不覺得擁擠，反倒襯得整個空間更加空曠。

我和白素早已料到，在地下皇城裏，會有十分宏偉的建築，可是也絕想不到，竟然偉大到這一地步。

過了好一會，我們才異口同聲發出讚嘆：「真偉大，真偉大。」

卓長根道：「我爹說，這個牧馬坑，還不算是大的，有一個戰場坑，裏面全是戰役的實景，是這裏三倍以上，而地下皇城的中心部分是皇宮，完全依照和地面上一樣的格局和規模建造。」

我向卓齒看去，他點了點頭，表示確然如此。我連考慮也沒有考慮，就道：「我寧願失蹤一年半載，也非要好好開開眼界不可。」

卓齒搖着頭：「那可沒有法子，我是專管戰馬的，所以王陵之中的牧馬坑，和有關的幾個坑室，歸我所主理。其餘的坑室，別說我不知如何，就算知道了，不知如何趨避機關，也是不行。」

我不由自主吞了一口口水：「照這樣看來，整個王陵已被發掘的部分——」

卓長根笑了起來：「我也問過這個問題，爹說那些坑室，只不過是外緣中的外緣，是早就預算了會被後世人發現的。真正的王陵中心，連我爹都沒有到過。」

白素道：「現代的探測技術，已經測到，整個王陵的面積，大約是五十六平方公里——」

卓齒揮了揮手：「我不知道那有多大，但是我知道，王陵的最重要部分，深入地底百丈，十丈方圓之內，全是水銀圍繞，水銀之外，是厚達三尺的銅牆，雖有千軍萬馬，不能攻破。」這種話，不論是從什麼歷史記載中看到，都不會有人相信，但出自卓齒之口，可信度自然極高。他說了之後，又頓了一頓：「我其實也只是略聽到了一點傳說，真正情形，可能更加牢不可破。」

卓齒說着，又向前走去，他沿河向南走，我們跟在後面，河水潺潺流過，是真的活水，卓長根道：「我曾問爹，空氣是如何進來，他也不甚了了，我想，多半是引河水進來的時候，設法帶進來的。」

我「嗯」地一聲，「也可以在深山的山洞之中，利用自然的氣流或氣旋，把空氣捲進地底來。」

白素聲音疑惑：「我真不明白，王陵設計來埋葬屍體，像卓先生那樣，隔了這麼多年還活着，這當然是意外，那麼，王陵中要流動的空氣，有何用處？」

卓齒的神色十分認真，他沒有回答他何以會活了那麼多年的意外，只是道：「那可不成，萬一大王要是復活了怎麼辦？」

我立時問：「剛才你說他的靈柩——被水銀和銅保護得如此嚴密，他就算復活，又如何能求生？」

卓齒瞪了我一眼，像是我不該問這樣的問題：「當然一定有辦法的，這辦法，我看只有大王一人方知。」

我沒有再問下去，既然「只有大王一人方知」，再問也是白問。而且，他在地底那麼多年，看來也只是在牧馬坑的範圍內活動，其餘部分他連去都沒有去過，其中詳情，自然也非他所知了。

沿着河向前走，一直來到河盡頭，在河旁才又有看來如同牌坊似的一扇門，推門進去，是一個相當大的室堂，各種石製的陳設齊全，一進去，我們就看到三面牆前，全是石製的架子，在架子上，都是一卷一卷的竹筒，那是古代的書籍，數量之多，不可數計。

我和白素互望了一眼，我們曾對馬金花失蹤五年間的生活，作過揣測，如今看來，我們的猜測合乎實情，那五年，馬金花在這裏，一定曾飽閱古籍，這才奠定了她日後成為漢學大師的基礎。

穿過了這個室堂，卓齒再推開一扇門，那是一條約有三十公尺長的走廊，每一邊，都有五扇門，除了最近左首的一扇外，其餘全關着。

那扇打開的門內，是一間房間，陳設相當簡單，有石榻、石几，有很多牧馬人用的工具，和戰馬要用的盔甲器具等等，也有很多竹簡。

卓齒道：「我們一共是十個人，自願殉葬，這一部分，就是我們準備以死相殉，追隨大王的所在。」

我和白素齊聲道：「還有九位呢？是不是可以請他們出來見見？」

卓齒吸了一口氣，指着他的居室對面的那扇門：「你可以推門進去看看。」

我有點不明白他這樣說是什麼意思，但還是立時一步跨過，推開了門。門後是一間同樣的居室，在石榻之上，有一個人，身子蜷縮成一團——那並不是普通地縮成一團，而是真正縮成一團，幾乎所有可以彎曲的部位都彎曲了，以致他的身子看來十分小，而頭是不能縮小的，所以頭部看起來也特別大。

我呆了一呆，這個縮成一團的人，一動也不動，眼睛半開半閉，我向卓齒望了一眼，他示意我可以走近去，我走得離石榻近了些，看到這個人看來相當年輕，而且貌相英武，如果不是他用這樣的一個怪姿態蜷縮着，從他的手腳大小看來，一定是一個身形十分高大的英武的美男子。

我伸手放在那人的鼻孔前探了探，那人毫無疑問是活人，但是呼吸卻極之緩慢，緩慢到不可想像的地步。我「啊」地一聲：「他……在冬眠？」

卓長根道：「我也是說，但是爹說，那是藥力的作用。」

我向卓齒望去：「藥力？什麼藥？」

卓齒沉聲道：「大王求來的長生不老藥。」

我一聽之下，耳際又像是有轟然巨聲一樣，張大了口，合不攏來。

長生不老之藥！

這在歷史上，倒有明文記載，秦始皇一直在尋求長生不老之藥，而且堅信世上有這種藥的存在，凡是自稱可以找到長生不老之藥的方士、術士，都會受到十分隆重的禮遇。

其中有一個叫徐福的方士，聲稱海外三座仙山之中有長生不老之藥，秦始皇派了幾千個童男童女，讓他攜帶出海，有史學家相信，日本這個國家，由此產生，這是人人皆知的事了。

當時，幾千人所乘的船稱之為「樓船」，能載幾千人出海，自然船的規模也極大，可知當時，各方的巨大的工程，都是實在的存在，雖然這種情形，在兩千多年之後，還是難以設想。

長生不老之藥！

這個蜷縮着的人，服了長生不老之藥？卓齒能一直活下來，也是服了長生不老藥的結果？

我心中疑惑之極，思緒亂成一團，可是在這時候，我忽然想及了一個滑稽可笑的問題：秦始皇五十歲不到就死了，真有長生不老之藥，他自己何以不服食？

我明知這個問題若是問了出來，對看來至今仍對他的「大王」忠心耿耿的卓齒，會大為不快，可是我還是忍不住問了出來。

卓齒一聽，現出十分激憤的神情來，一頓足，道：「全是趙高這奸人。」

我吸了一口氣，趙高，自然也是歷史上的名人，他權勢薰天時，「指鹿為馬」，莫敢不從！

這時，聽到一個活生生的人，用這樣的語氣提及一個歷史上著名的古人，那種怪異的感覺又來了。

我聲音有點發啞：「趙高……他怎麼了？」

卓齒神情愕然，「哼」地一聲：「大王廣徵天下方士，研究長生不老之藥，眾方士聚商十年，藥始煉製成功，進呈大王，大王將服未服，趙高在一旁進說：藥效不知如何，若是毒藥，豈不是弄巧反拙？可以把所有方士全都拘捕起來，先命十人試服，看這十人服了之後，有無變化，再作決定。大王就聽從了趙高的話。」

我聽得他這樣說，真有點痴了。

長生不老之藥真是煉製出來了！秦始皇本來要服食，就是因為趙高的那一番話，所以才選了十個人試服。這是一種什麼樣的情形，而這種情形，又從一定當時曾服過的人講述出來。

卓齒繼續道：「大王令我們服食，曾說我們十人，是他最忠心的臣子，只要長生不老之藥真能令人長生不老，他就可以和我們一起長生。當時我們感恩莫名，所以一起吞服……」

我一揮手：「等一等，那長生不老之藥，是什麼樣子的東西？」

卓齒道：「丹藥，其色鮮紅，入口辛辣無比，隨津而化之後，腹中有如烈火焚燒，汗透重甲，痛苦莫名，大王一見之下，驚疑之至，腹痛直至次日方消，大王以為藥有劇毒，把獻藥的方士盡數處死，但自次日起，即無異象。」

我和白素相視苦笑，我又問：「那……藥究竟是什麼東西？由什麼煉製而成？」

卓齒愕然：「那我由何得知？藥是那些方士煉製而成，唉，那逾百方士，歷時十載，所煉成的長生不老之藥，倒真是有效，可恨趙高一番言語，真是誤事，不然時至今日，大王雄風猶存。」

我聽得他這樣講，不但不由自主，喉際發出一陣古怪的聲音來，幾乎全身每一個骨節，都有古怪的聲音發出來。

他在埋怨趙高，我看所有人都得感謝趙高才是，要不然，秦始皇活到現在，那是什麼局面？我看着他一臉忠心耿耿的樣子，突然想到一個問題，抑不住想調侃他一下，我道：「秦王統一天下，併吞六國之後，尊號稱皇帝，你還是一直稱大王，這是要殺頭的。」

想不到卓齒一聽了我的話，昂然道：「我追隨大王多年，一直稱大王，這種殊榮，蒙大王恩准者，不過數人而已。」

我呆了半晌，白素道：「這是哪一年的事？」

卓齒道：「大王出巡之前兩年。」

秦始皇出巡，在當時他所統治的版圖之上，兜了一個圈子，結果死在巡視途中，直到回到首都咸陽，才宣布死訊，這件歷史事件，小學生都知道。我接着問：「在這兩年中，你們毫無異狀？」

卓齒點頭：「毫無異狀，等大王落葬，我們十人殉葬，自料必死，也了無畏懼之心。進了王陵之後，我們只為大王之死而傷心，自第三日起，就漸失知覺——」

他講到這裏，向那個蜷縮成一團的人指了一指：「大抵失去知覺之時，就和他一樣，不飲不食。可是過了不知多久，忽然醒來，一共是十人，我和另外兩人最先醒轉，相顧愕然，頓覺腹饑口渴，幸而殉葬之際，各種乾果乾糧極多，遂取而食之，河水不絕，其餘七人，也相繼醒轉，身在王陵之中，不知日月。這牧馬坑在建造之際，我曾主持工程，知道有兩個秘道，可以通出外面。若是當日昏迷之後便死，倒也不生畏懼，既醒之後，就有求生之念，公推一人由秘道外出。」

卓齒講到這裏，現出十分疑惑的神情來，停了好一會，才道：「那人離開之後，我們一直仍在陵中守候，奇在我們一餐之後，可以良久不進食物，我們也不知過了多久，那人回來告訴我們，世上早已不再有秦，秦後有漢楚之爭，漢高祖一統天下之後又有三分，後有胡人之亂，再後有隋，隋之後——」

他講到這裏，我已實在忍不住，聲音嘶啞地叫了起來：「什麼？你們這一昏迷，究竟昏迷了多久？」

卓齒毫不猶豫：「千載。」

千載就是一千年。他們在這種冬眠狀態之中，一下子就度過了一千年。

我一面吞着口水，一面瞪着卓齒，一面又伸手在他的手臂上捏了一下，心中實在想知道他是不是千年殭屍。卓長根陡然叫了起來：「小娃子你幹什麼？我爹當然是活人。」

我連忙縮回手來，卓齒是一個活人，毫無疑問，不但是活人，而且身體健康，也遠比普通人好得多，看來精壯之極。我和白素，面對着這個活了兩千多年，可以一睡就是一千年的人，真是奇訝得半句話也說不出來，只好聽他繼續說下去。

他神情疑惑：「當時我們一聽，真是奇訝之極，但立時想到，我們曾服大王所賜的長生不老之藥，一定是藥力有效了。」

我咕噥了一句：「什麼大王所賜，他是怕自己毒死，所以才給你們吃的。」

卓齒怒視我一眼，神情威嚴莫名，連我也有點不敢再胡言亂語。

這時，我在急速地轉着念：這十個人得以不死，唯一的解釋，就是長生不老之藥發生了作用。長生不老之藥的成分是什麼，究竟是怎麼煉成功的，完全無法知道，因為當時集中了全國一流方士（方士就是精通神仙之術的人，煉製長生不老之藥，是神仙術的主要課程）才煉製出來，而這些方士，在那十個試服者一服下去，「腹痛如焚，汗透重甲」，看來情形大為不妙之際，被秦始皇殺掉了。

服食了長生不老藥，有一整天的時候，極之痛苦，過後，了無異狀。可是為什麼忽然之間，在進了王陵之後不多久，據卓齒所說是三天，就會進入冬眠狀態呢？是不是在某種特殊的環境之中，長生不老藥在體內就會產生令人冬眠的作用，例如空氣並不十分流通，例如黑暗的長期連續（普通人是很少三日三夜不見陽光），等等？這些問題，只怕連那些方士也答不上來，因為長生不老藥他們自己未必試服過。他們只知道根據仙方來製藥——仙方又是什麼東西？是哪裏來的？由誰傳下來的？

一想之下，問題愈來愈多，長生不老，一直有人在追求，長生不老藥，也一直是人在追求的東西。不單是這個卓齒，活生生地在我面前，證實了的確通過某種藥物，可以使人長生，而且我的另一件經歷，一個叫做賈玉珍的人，愈來愈年輕，也主要是由於服食了仙丹仙藥之故。

（賈玉珍的事，記叙在《神仙》中。）

賈玉珍的仙丹，和秦朝時方士所煉製出來的長生不老藥，兩者之間，應該有聯繫。那就是說：通過某一種方法，一些東西令人體吸收，可以令人的生活過程，擺脱傳統，發生徹頭徹尾的改變，或可以使人成仙，或可以使人不死，可以使得生命進入另一個形態，排除死亡的威脅。

當然，卓齒的情形，和賈玉珍的情形，有所不同，但是我相信基本道理一樣。這種基本情形的推測，我已在《神仙》中說過，不必重複。

而且，在兩者的情形來看，賈玉珍的生命狀態，更進一步，更高級，因為不但擺脱了死亡，而且還有神仙的「法力」，而卓齒只不過是排除了死亡，或使死亡延遲而已。

賈玉珍這個人，倒也有點用處，想起了他，使我覺得卓齒如今的情形，可以接受，不必太過於震驚。

一想到這一點，令我的思緒穩定和清明了許多，我先向白素道：「想想那個成了仙的賈玉珍。」

白素立時明白了我的意思：「是，長生，不過是神仙術的初級課程。」

卓齒當然不知道我們在說些什麼，我忙向他作了一個手勢，示意他繼續說下去。

卓齒道：「當時我們不知所措，一睡千年，我們是千年以前的古人，若是離開了王陵，我們何所適從？商議了很久，還是決定了分批出去看看。」

他講到這裏，嘆了一聲：「分批出去一看，知道我們真的沉睡千年。好在我們進食不多，回來之際，帶上一些糧食，可供許久之需。」

卓齒說：「這樣一批回來，一批出去，每批兩人，不多久，我們之中，又有五人，開始昏睡。」

我忙道：「所謂不多久，是多久？」

我一定要這樣問，因為他們全是長生人，在時間觀念上，和常人是不大相同的。

這一次，卓齒道：「十載。」

我失聲道：「你們每隔十年，就要昏睡一千年？」

卓齒道：「並不，第二次，我們各人昏睡，就只歷五百年，一覺醒來，天下又自大異。」

我苦笑了一下，自秦之後，一千五百年，那已經是南宋期間了。

卓齒苦笑了一下：「昏睡的時間，每次縮短，第三次，歷時三百年，以後兩百年，一百年……」

我和白素互望了一眼，這樣的長生不老，不知是幸福還是痛苦。冬眠狀態的時間如此之長，至少以百年計，一覺醒來，「世界大異」，根本無法適應，唯有再回到地下，雖然說是長生，但在清醒的十年之中才真正是活着的，而那完全和進展脱節的生活，又有什麼趣味？地下王陵中的悠悠歲月，又如何打發？

卓齒深深吸了一口氣：「這樣久了，我們知道，每次昏睡，或有前後之分，但是醒來之後，必然十年之後，才再昏睡。」

他說到這裏，向卓長根望了一眼：「這便是當年，十年之期將滿，我把他託給可靠之人，自己回到王陵，等候昏睡之故，這次昏睡，只歷時八十年，長根來時，我才醒轉不久。」我望了望卓長根，又想起了一個滑稽的問題：「卓老爺子是不是有一個九百歲的兄長？」

卓齒的秘密已經揭開，他當年醒了之後，從秘道中冒出來，在人間生活了十年，到時，自然非回去不可，不然他昏睡起來，誰能知道那是怎麼一回事。而他也實實在在，無法把這種情形告訴卓長根，卓長根絕對無法接受這樣的事實。

那麼，在他過去幾度清醒的時候，他是否也曾在地面上生活過，結婚生子呢？如果有，而長生不老又有遺傳的話，卓長根豈不是有比他大幾百歲的哥哥或姊姊？

卓長根已近一百歲，身體還如此之好，長生不老有遺傳，也不是沒有可能的事。

卓齒搖了搖頭：「沒有，這次我在人間，動了凡心，長根的母親實在太好……我們全商議過，我們十人的情形，決計不能為世人所知，反倒是我自己先破了規誓，所以才有今日之麻煩。」

白素在這時，忽然「啊」地一聲：「卓先生，那塊佩玉，自然是你給妻子的禮物了？」

卓齒點頭：「是，那是大王所賜的寶物。」

我長長吸了一口氣，又緩緩吁了出來。那塊質地如此之佳的佩玉，曾給我們帶來過不少迷惑，追究它的來歷，但無論怎麼去想，也想不到卓長根的父親，會是秦朝時的古人，秦朝時一個有地位的人如卓齒，有一塊玉質上佳的玉，自然不是什麼稀罕之事。

卓齒嘆了一聲：「由於我破了例，所以他——」

他指着那個蜷縮成一團的人：「他……也起而傚尤，一日，他正由秘道出來，遇上群馬奔馳，他是我的副手，極擅馴馬，立時阻止了馬群的奔馳，把一個女子，引進了王陵之中——」

我和白素，緊緊握了一下手，那個女子，自然是馬金花！

卓長根則望着石榻上的那個人，猶有恨意的樣子。

卓齒又道：「那女子進來王陵之後，和他成婚，一住五年，他又屆昏睡之期，那女子這才離去，其時我也在昏睡，是他把經過全部記載了下來，我醒來之後，看了記載，方知究竟。那女子的名字是馬金花，就是我當年把長根託給他的那個馬場主的女兒。」

卓長根氣憤地道：「爹，兩個小娃一定早已知道了。」他講了這一句之後，又對我道：「難怪她說已嫁過人，哼，這……真是從哪兒說起，你想想，她在醫院裏，對我這樣說，我怎麼會相信？」

那真是沒有人會相信的事，馬金花於是叫他自己來看，卓長根就來了，就遇上了他的父親。卓齒的樣子未曾變過，所以卓長根一看他就可以認得出來，父子兩人就在這裏重逢。

卓長根又道：「我見到了我爹，其餘九個人又全在昏睡，我勸他出去，他不肯，我自然得在這裏陪他，偏要你們大驚小怪，找個不了。」

卓長根這樣責備我們，真叫人啼笑皆非，我也不和他爭，卓齒望向卓長根：「你雖然是我兒子，但也是世上的人，你能在這裏陪我多久？」

卓長根像賭氣的小孩子：「能陪多久就多久。」

卓齒長嘆一聲：「悠悠歲月，對我而言，無窮無盡，你陪我十年，又何濟於事？況且你不離去，搜尋就無一日停止——」

當他講到這裏，我已經明白他讓我們進來，把一切全講給我們聽的用意何在了。他要通過我們，叫卓長根離開。我立時會意地道：「是哪，卓老爺子你若是再不現身，你的手下，準備把整個地下王陵上面的土地全都掘起來，非把你找出來不可。」

卓長根怒道：「敢？」

我聳了聳肩：「有什麼不敢的？那時候，你自己不要緊，令尊和他的同伴卻十分麻煩。他們已過慣了這樣的生活，你又過不慣，父子離情也叙過了，何不就此算數？」

講到這裏，我壓低了聲音，笑道：「你不是外星人的雜種，還不值得高興？」

卓長根一拳向我打來：「去你的，你這小娃子，嘴裏就沒有一句好話。」

我舉起手來：「這裏的一切，我們兩人保證不對任何人說。」

卓長根悶哼一聲：「小白那裏也不說？」

我和白素互望了一眼：「不說。」

卓長根望着他父親，神情仍是依依不捨。卓齒怒道：「再不聽話，便是逆子。」

卓長根眼淚汪汪，突然跪下來，向他父親咚咚連叩了三個響頭，站了起來，一聲不發。

卓齒笑了一下，誰都可以看得出，他的笑容，也十分慘然。

看起來，卓長根雖然得到了一些遺傳，身體狀況和壽命會比普通人好得多，但是他一直在老，現在看起來就是一個老人，當然不可能不死，這次分別，自然是永別，難怪卓齒也感到難過。

我本來想勸卓齒大可以和我們一起離去，可是繼而一想，他清醒的時候，自然不成問題，可是他一「冬眠」就幾十年，誰來照顧他？而且，唐朝時他已經覺得世界大異，如今世界上的生活，他如何適應？所以我遲疑了一下，還未曾開口，他已經十分莊嚴地道：「別像長根一樣勸我離開，我生為大王之臣，如今能陪大王於地下，這是我畢生之榮幸。」

我自然更不想再說什麼了，卓齒，這個戰馬總監，他自然有他自己的想法，他要繼續維持他活俑的地位，誰能勸得他動？而且他早已說過，我們離去之後，他會把這條秘道毀去，另一條秘道在什麼地方，誰知道？卓長根再也無法進來了。

我呆了半晌，才道：「請讓我再瞻仰一下其餘八位古人的風範。」

卓齒點了點頭，我一間一間居室看過去，所有的人都蜷縮着，看起來，就像是昆蟲的蛹。

長生不老之藥，使他們一直可以活下去，但是絕大部分的時間，卻在「冬眠」狀態之中，這樣的長生不老，是不是值得人類去追求和嚮往呢？

我想答案或者還會各有不同，但我的答案是：無趣得緊。

卓齒帶着我們，循原路離開，那個牧馬坑之偉大，使人畢生難忘。

等到離開之後，我才跌足：「忘了看一看那些古籍。」

白素瞪了我一眼：「叫你讀馬教授的著作，你又不肯。」

我「啊」地一聲：「對，難怪她是古文學的權威，她的丈夫，就是秦朝人。」

卓長根又悶哼了一聲，我道：「你也不錯啊，父親是秦朝人。」卓長根一副哭笑不得的神情，我則由於心中所有疑團一掃而空，感到無比輕鬆，忍不住「哈哈」大笑起來。

卓齒用什麼方法把這條秘道封住，我也想不出來。不過我倒相信，不論如何發掘，至少再過幾百年或更久，或許永遠不能把這個地下王陵的真正情形，完全為世人所知。

天亮之後，鮑士方駕車前來，當他看到卓長根的時候，幾乎連眼睛都突了出來，連聲問：「怎麼一回事？怎麼一回事？」

我望着他：「不必再問，連我的岳父我都不會說，何況是你。」

（全文完）

衛斯理小說典藏版　65

活俑

作　　者：　衛斯理（倪匡）
責任編輯：　方　林
封面設計：　三原色
出　　版：　明窗出版社
發　　行：　明報出版社有限公司
　　　　　　香港柴灣嘉業街18號
　　　　　　明報工業中心A座15樓
電　　話：　2595 3215
傳　　眞：　2898 2646
網　　址：　https://books.mingpao.com/
電子郵箱：　mpp@mingpao.com
版　　次：　二〇二二年八月初版
I S B N：　978-988-8828-10-4
承　　印：　美雅印刷製本有限公司